AF214592

www.tredition.de

Stefan Prebil arbeitet und schreibt in seiner Alphütte hoch über dem Brienzersee.

Nach einer Karriere im Top-Management rund um den Globus besteht seine Tätigkeit heute aus Beratung von Firmen im Technologiebereich, Coachings und dem Schreiben von Romanen.

Seine Erzählungen handeln von persönlichen Beziehungen, außergewöhnlichen Biografien, im Kontext mit gesellschaftlichen Entwicklungen und dem rasanten technologischen Fortschritt.

Stefan Prebil

EISDIAMANTEN

BAND III

NICHTS BLEIBT VERBORGEN,

ALLES WIRD ANS LICHT KOMMEN

www.tredition.de

© 2020 Stefan Prebil
Umschlag, Illustration: Stefan Prebil
Cover Bild: Photopia

Verlag & Druck: tredition GmbH, Halenreie
                         40-44, 22359 Hamburg

ISBN
Paperback   978-3-347-03031-2
Hardcover   978-3-347-03032-9
e-Book   978-3-347-03033-6

Inhaltsverzeichnis

Eins.

Sam blinzelt und nur sehr langsam wacht er auf. Er hat intensiv geträumt, sich hin und her gewälzt, ist oft halb aufgewacht und hat sich bemüht, den Erinnerungen, die aus der Tiefe seines Unterbewusstseins aufstiegen, zu entkommen. Doch jedes Mal, wenn er wieder eingeschlafen ist, lief der Film weiter, als wenn er zuvor nur die Pausentaste gedrückt hätte.

Mühsam versucht er sich aufzusetzen, doch sein Körper gehorcht ihm nur widerwillig. Es fühlt sich an, als wäre er gestern Nacht von einem Traktor überfahren worden. Die leichte Dekompressionskrankheit bei der sich durch den zu raschen Aufstieg aus der Tiefe Stickstoffblasen in seinem Gewebe gebildet hatten, wirkte wie ein böser Muskelkater, den er mit einer Flasche Whisky hat vertreiben wollen. Dabei hat er nur warm geduscht, nur Wasser getrunken und ist danach sofort eingeschlafen.

Ächzend setzt er sich auf die Bettkante, reibt sich die Glatze und bemüht sich, die verklebten Augen freizubekommen, um klar sehen zu können. Doch das Licht schmerzt wie ein Krampf und er schließt die Augen wieder.

Sofort tauchen wieder, wie im Blitzlicht, die Erlebnisse der letzten Monate auf: Wie er mit dem schweren Rollkoffer als frisch angeheuerter Tauchguide aus dem Flughafen stapft und sich nach den öden Managerjahren endlich wieder lebendig fühlt.

Bilder von verdreckten Duschen aus V18, der WG der Guides, und von gemeinsamem Lachen bei den Barbecues in der Mitternachtssonne leuchten auf.

Dann das wunderschöne Lächeln von Marie. Ihre samtweiche Haut, und wie er verschwitzte Strähnen aus ihrem Gesicht streicht, nachdem sie sich leidenschaftlich geliebt haben. Er sieht ihren warmen Blick, Ihre Augen strahlen und am liebsten würde er für immer bei diesem Bild, dass sich tief und gestochen scharf in seinen Geist eingebrannt hat, verweilen.

Sam fühlt, wie sich seine Schultern ein wenig senken und sein Atem ruhiger wird. Kurz blinzelt er, doch noch immer schmerzt ihn das Licht in den Augen und er schließt ergeben wieder seine Lider. Unbarmherzig, wie während der letzten Nacht, blättert sein Geist weiter in dem in seinen Erinnerungen gespeicherten Fotoalbum.

Bilder der Erdbeben an der Silfra tauchen auf. Von ihrer verzweifelten Flucht vor dem Lahar, der Schlammlawine, die sich ins Tal wälzte, nachdem die Lava unter dem Gletscher das Eis explosionsartig hatte schmelzen lassen.

Er sieht, wie Chuck mit ihnen, den wenigen Überlebenden, in wilder Fahrt mit dem Jeep den Hügel hochjagt und sie von oben zusehen mussten, wie der Lahar in die Bucht von Reykjavik donnerte und darauf ein Tsunami die Stadt brutal zertrümmerte.

Sein Atem geht stoßweise, keuchend. Sein Körper kann nicht zwischen der Erinnerung und der Wirklichkeit unterscheiden.

Er sieht, wie sie sich die milchigen Steine in die Taschen stopfen, welche Jace in einer Spalte entdeckt hat. Als Bilder von Simi auftauchen, probiert er krampfhaft zu schlucken, doch sein Mund ist so trocken, dass es sich anfühlt, als müsste er versuchen, einen Bissen trockenes Brot ohne zu kauen herunterzuwürgen. Simi hängt an dem rutschenden Jeep, hält sich mit einer Hand an Chuck fest, der ihn hochzuziehen versucht, und in der anderen hält er den sagenhaft großen Rohdiamanten, den er nicht loslassen kann. In der nächsten Sekunde hört Sam in seinem Kopf den unmenschlichen

Schrei seines Bruders Barbu, als Simi mit dem Jeep in die Tiefe stürzt.

Tränen rinnen über Sams Gesicht. Er weint lautlos und die Spannung löst sich. Er kann schlucken und mit einem zitternden Atemzug atmet er tief ein. Dann lässt er die Luft geräuschvoll durch die Nase entweichen. Er zwingt sich die Augen zu öffnen.

Langsam richtet er sich mit seinen schmerzenden Gliedern vom Bett auf und greift seine Schlabberhosen. Doch sofort beginnt sich alles zu drehen und er lässt sich wieder auf das Bett fallen.

Er liegt ergeben da und schüttelt lächelnd den Kopf. Er wird es langsam angehen müssen.

Auch mit offenen Augen geben seine Erinnerungen keine Ruhe. Es scheint, er muss es wieder und wieder erleben, um Ruhe in seine Gedanken zu bringen.

Sie waren diesem Inferno entkommen und gemeinsam mit einem gekaperten Kleinflugzeug über die Färöer Inseln heil in die Schweiz gekommen. Die gefundenen Steine waren tatsächlich Rohdiamanten, wie Jace es behauptet hatte.

Auf einen Schlag sind sie so reich geworden, dass alle ihre Träume möglich wurden, und doch war damit der Horror nicht im mindesten zu Ende gewesen. Ganz im Gegenteil. Die Nachricht hatte begonnen ihre Zukunft zu bedrohen.

Das wurde Sam klar, als John, der Cousin von Jace, der in London als Gemmologe arbeitet, ihnen erklärte, dass er ein Syndikat gefunden habe und so die auf dem freien Markt kaum verkäuflichen Steine für die hübsche Summe von zehn Millionen verkaufen könne. Damit begannen ganz andere Schwierigkeiten. Leise breiteten sich Gier, Größenwahn, Misstrauen und Streit unter ihnen aus.

Was sie damals für eine schlaue Idee hielten – Arik, dem Kopf des Syndikats, nur einen Teil der Steine zu übergeben, weil der sie mit einem «Trinkgeld» von zehn Millionen Schweizer Franken abspeisen wollte, und den Rest der Steine in der Tiefe des Brienzersees zu verstecken – erwies sich später als schwere Last.

Sie sind sich einig gewesen, Marie, Barbu, Piet, Chuck und er. Emma und Jace waren sowieso schon vorher mit ihrem Geld nach Hause gereist. Emma ist schwanger und die beiden haben im Sinn, sich ein Leben und eine Familie aufbauen. Sie hatten genug erlebt, waren mit ihrem Anteil zufrieden und wollten endlich zur Ruhe kommen. Sie wären sicher einverstanden gewesen.

Gestern sollten diese restlichen Steine endgültig aus der Welt geschaffen werden. Kein Streit mehr unter ihnen, keine Bedrohungen mehr durch das Syndikat – Ruhe und Frieden soll endlich wieder einkehren in ihre Leben.

Der Fund der Rohdiamanten hatte wie Schimmel alles in ihnen überwuchert und zum Faulen gebracht: ihre Überzeugungen, das Vertrauen und die Zufriedenheit mit ihrem Leben und den Perspektiven.

Chuck hat sich vor der Übergabe mit einem der beiden großen Diamanten abgesetzt, wohl weil er dachte, damit ein besseres Geschäft zu machen. Und er? Er hat den Zweiten unter seiner Buddha-Skulptur versteckt – ohne den anderen etwas davon zu erzählen! Warum bloß hat er das getan und den Schlamassel damit noch vergrößert?

Vor ein paar Tagen tauchte dann Chuck wieder auf, als er begriffen hatte, dass man den größten je gefundenen Rohdiamanten nicht einfach in einem Juweliergeschäft in Geld umwandeln kann. Er wollte seinen Anteil haben, doch das Geld war schon verteilt und Piet, Jace und Emma waren mit ihrem Teil außerdem schon nach Hause gereist.

Der Plan war, wieder zum Versteck im See zu tauchen, Chucks Stein gegen einen Anteil von kleinen, leichter verkäuflichen Steinen zu tauschen und den Rest endgültig im See zu versenken, um das Misstrauen, die Gier und die nicht enden wollende Odyssee zu beenden. Schließlich hatten sie alle das Inferno der Vulkanausbrüche auf Island überstanden und waren mit ihrem Anteil an den zehn Millionen so reich geworden, dass für jeden nach seinen Wünschen ein tolles Leben möglich war.

Doch – den Rest zu versenken war nur sein Plan gewesen. Der offizielle war, nur den großen gegen kleinere Steine auszutauschen und den Rest wieder in dem kalten, dunklen Versteck, dreißig Meter unter der Wasseroberfläche in einer Wand im See verborgen zu halten, bis man sie irgendwann holen und zu Geld machen könne.

Sein eigener Plan ist gründlich schiefgelaufen. Als er die Nylontasche, mit Steinen beschwert, über die Kante in unerreichbare Tiefe stoßen wollte, ging Chuck auf ihn los. Er hatte nicht nur zum Ziel die Tasche zu retten. Nein – er hat beabsichtigt, ihn aus dem Weg zu schaffen, wollte ihn umbringen. Dann ist die Tasche mit den Diamanten doch über die Kante gerutscht und Chuck ist hinter ihr her in der Tiefe verschwunden. Als er selbst mit einem Notaufstieg knapp und mit viel zu viel Stickstoff im Blut an der Oberfläche auftauchte, lag Chuck bereits sterbend bei Marie und Barbu im Boot. Er hatte bei seinem Notaufstieg eine Embolie erlitten und ist daran gestorben.

Was für ein Horror! Zu allem Unglück tauchte auch noch die Seepolizei auf und sie mussten Chucks Leiche versenken, um nicht auch noch in Ermittlungen zu geraten. Dabei fand Barbu in der Hosentasche seines Tauchanzugs den großen Stein, den Chuck vorgegeben hatte zurückzulegen. Chuck hatte also auch einen eigenen Plan gehabt. Wütend warf er den Stein in den See.

Die Polizei brachte Chuck in die Klinik in Interlaken und kaufte Sam die Story von spektakulären Unterwasseraufnahmen für ein Tauchmagazin ab.

Was für eine schreckliche Bilanz seines Alleingangs! Chuck ist tot und er hat eine Dekompressionskrankheit erlitten. Überall in seinem Gewebe sind noch Blasen von Stickstoff durch den zu schnellen Aufstieg. Deshalb fühlt er sich jetzt noch so zerschlagen.

Wenigstens haben Marie und Barbu ihm die Geschichte eines Unfalls geglaubt und er musste nicht auch noch beichten, dass sein Plan zu diesem Desaster geführt hat, sinniert Sam auf der Bettkante.

Er probiert aufzustehen, doch sofort wird ihm wieder schwarz vor Augen und er setzt sich hin. Vielleicht hätte er doch die Nacht in der Klinik verbringen sollen? Doch er wollte nur nach Hause und hat das Formular unterschrieben, um die Ärzte von der Verantwortung zu entlasten.

Endlich zu Hause angekommen, half ihm Marie sich auszuziehen, und bevor er noch etwas sagen konnte, war er auch schon regelrecht weggetreten. Kompletter Blackout. Doch an das, was zuvor geschehen war, kann er sich gut erinnern.

Marie, die zu ihm in die Klinik gekommen war, hatte sich große Sorgen um ihn gemacht, weil er nach Hause wollte. Unter Tränen hatte sie versucht, ihm seine Befürchtungen auszureden: Die Ärzte hätten doch Schweigepflicht und würden keinesfalls die Polizei involvieren. Und selbst wenn, würde er tot oder schwerbehindert doch nichts von den Diamanten haben. Er aber, wollte um jeden Preis eine Untersuchung über den Tauchunfall vermeiden. Fragen darüber, warum er dort getaucht sei. Noch dazu alleine. Das ist doch ein Risiko, welches man nicht eingeht. Und so weiter und so weiter. Am Schluss würden vielleicht noch Polizeitaucher auf den Plan gebracht. Chuck liegt zwar sehr tief auf dem Seegrund, weit außerhalb der Reichweite von Gerätetauchern – aber man weiß nie, ob er nicht doch gefunden würde.

Doch er hatte auch die Fürsorge und die Angst um ihn genossen. Er hatte sich dadurch geliebt und wichtig für Marie gefühlt und die Befürchtung bevorstehender Ermittlungen eigentlich fast verdrängt. Fast hatte er der Verlegung zugestimmt, denn Marie hatte im Grunde recht. Seine Symptome waren deutlich. Es kribbelte in seinen Händen und Füßen, obwohl sie gut durchblutet und rosig waren. Es konnte nur bedeuten, dass kleine Bläschen auf die Nerven drückten oder sogar in seinem Rückenmark Blockaden bildeten. Doch als Marie dann entnervt seine Sachen packte, konnte er schlecht seine Meinung wieder ändern. Auf dem Weg nach Hause war er dann mehrmals eingeschlafen. Es fühlte sich eher wie Ohnmachtsanfälle an, aber wenn ihn Marie schüttelte, behauptete er jeweils, er sei nur eingenickt.

Sam zwingt sich, die Gedanken und Bilder an die letzte Nacht, die sich immer noch versuchen in sein Bewusstsein zu drängen, zu verscheuchen. Es gilt jetzt vorwärts zu blicken – die Vergangenheit kann er nicht mehr ändern.

Die Steine sind sie nun los und wenn er den, welcher er unter dem Buddha versteckt hält, auch noch Arik übergibt, wird der hoffentlich Ruhe geben. Er will ihm auch erzählen, wo der Rest liegt. Soll er doch Spezialgerät auftreiben, wenn er sie unbedingt bergen will.

Wichtig ist nur, dass sie endlich wieder ihre Ruhe haben! Dass er Marie in seinem Leben behalten darf.

Zuerst einmal muss er jetzt auf die Beine kommen!

An der Bettkante hockend beugt und streckt er Arme und Beine, um zu sehen, ob noch alles funktioniert. Er kann keine größeren Schmerzen oder Taubheitsgefühle ausfindig machen. Es scheint, er hat Glück gehabt. Obwohl er natürlich weiß, dass die Symptome bis achtundvierzig Stunden danach immer noch auftreten können. Er schaut auf die Uhr. Fast elf Uhr vormittags. Er muss zehn Stunden geschlafen haben. Der Tauchgang ist demnach mehr als zwölf Stunden her. Die Faustregel besagt, wenn bis zwölf Stunden nach dem Auftauchen keine Lähmungen oder sonstigen Symptome auftreten, ist die Wahrscheinlichkeit hoch, dass es glimpflich ausgehen wird.

Er streckt sich und tastet mit dem Arm nach Marie. Erst jetzt bemerkt er, dass sie nicht wie sonst wie eine Katze zusammengerollt hinter ihm liegt. Das Bett ist leer. Sie ist wahrscheinlich längst aufgestanden. Sicher hatte er im Tiefschlaf auch geschnarcht wie ein Bär. Doch als er das Kissen betrachtet, dämmert ihm, dass er in dieser Nacht alleine in dem Bett geschlafen hat. Die Seite von Marie sieht unbenutzt aus.

Mühsam kommt Sam auf die Beine, zieht seine schlabbrigen Jogginghosen an, tappt in die Küche, reibt sich den nackten Bauch und mit der anderen Hand die Glatze.

«Guten Morgen», brummt er zu Barbu, der an der Küchenbar hockt, und gähnt mit offenem Mund.

«Ja – habe ich», bekennt Barbu wortkarg und fragt mit einem Kopfnicken zu der Espresso Maschine, ob er gerne einen Kaffee möchte.

Sam nickt dankbar und holt sich eine Tüte Orangensaft aus dem Kühlschrank. Er setzt die Tüte an den Mund und trinkt sie mit gierigen Schlucken leer.

«Ahh – schon besser! Und – wo ist sie denn hin, meine Hübsche?»

«Ich weiß nicht, aber sie ist vor etwa zwei Stunden mit zwei Taschen und ihren sieben Sachen aus dem Haus.»

Verdattert schaut Sam ihn an. Die Kaffeetasse in der Hand bleibt ihm auf halbem Weg zum Mund stehen. Dann wandert sein Blick über die Küchentheke.

Er schnappt sein Handy und wählt Maries Nummer. Es tutet und gleich darauf geht die Mailbox ran. Sie hat entweder keinen Empfang oder – was wahrscheinlicher ist – ihr Handy ist ausgeschaltet. Konsterniert schaut er sein Handy an. Was ist geschehen? Wo ist sie hin?

«Ich glaube, Marie ist einfach alles zu viel geworden. Was ich gut verstehen kann. Mir geht es genauso», hört er Barbu brummeln und spürt seine Hand auf der Schulter. In seinem Kopf wirbeln die Gedanken. Sie konnte ihn doch nicht einfach so verlassen haben? Das würde sie nie tun. Wahrscheinlich braucht sie nur Ruhe und Abstand. Das kann er ja verstehen. Ihm selbst ging in den letzten Tagen auch immer wieder der Gedanke durch den Kopf, einfach abzuhauen von all dem Schlamassel. Sich einfach auszuklinken, zur Ruhe zu kommen und wieder klar denken zu können.

«Sie wird sich sicher bald melden und mir erzählen, wohin sie will. Sie kann doch nicht einfach so ohne eine Erklärung, ohne Abschied verschwinden.»

Barbu wiegt zur Antwort nur den Kopf.

«Und du? Was hast du vor?», fragt ihn Sam und fokussiert seine Gedanken, wie er das in seinem Managerleben bei Hiobsbotschaften immer getan hat. Meist hat es geholfen, die Emotionen zu verdrängen, und das ist auch jetzt bitter nötig. Das Gefühl, Marie verloren zu haben, drängt sich wie Todesangst in sein Bewusstsein. Er bekommt weiche Knie und hat das Gefühl sich gleich übergeben zu müssen. Es fühlt sich an, wie auf einem schmalen Balken hoch über einem Abgrund zu stehen. Nichts in seinem Leben hat je eine solche Wirkung auf ihn gehabt wie das Verlassenwerden. Das hatte nichts Rationales mehr an sich, war nicht einfach eine tiefe Traurigkeit oder Wut, die er dann jeweils fühlte, sondern blanke Todesangst. Natürlich ist er wie die meisten Menschen mehrmals in seinem Leben verlassen worden, hat auch gelernt, dass es immer irgendwie weitergeht und manchmal danach sogar viel besser als zuvor, dass er wieder jemanden kennenlernen und sich dann wieder geborgen fühlen kann, doch diese Erfahrungen scheinen den Effekt, den das "Verlassen werden" auf ihn hatte, nicht zu mildern – ganz im Gegenteil. Es ist bei jedem Mal schlimmer geworden. Er zwingt sich zu fokussieren, um nicht in den Gefühlen zu versinken, und muss sich an der Frühstücksbar abstützen, um nicht wie ein angeschlagener Boxer in die Knie zu sinken.

Barbu deutet mit seinem Blick ins Wohnzimmer, wo auf einem Sessel seine gepackte Tasche liegt.

«Sam, ich kann nicht mehr. Ich habe genug erlebt für die nächsten hundert Jahre. Es ist auch mir zu viel geworden. Das Drama um die Steine, um Reichtum und der ganze Ärger, den wir damit hatten. Ich habe die Schnauze gestrichen voll», bezieht Barbu mit ruhiger Stimme Stellung auf Sams fragenden Blick.

Natürlich kann Sam verstehen, was Barbu meint, und ahnt auch, was in Marie vorgehen muss, aber warum musste er daran schuld sein? Er trottet mit seiner Tasse ins Wohnzimmer und lässt sich in den freien Sessel fallen.

«Die Ratten verlassen das sinkende Schiff», brummt er und als Barbu nicht darauf eingeht: «Ich fühle mich alleingelassen. Alle hauen ab, zu ihren

Familien, zu den Liebsten, und ich Idiot bleib hier alleine sitzen.»

Die alte Krankheit, die Angst vor der Einsamkeit kriecht in ihm hoch. Das hat er seit Jahren nicht mehr empfunden, hat geglaubt, er sei über diese Erbschaft seiner Kindheit hinweggekommen. Aber jetzt war dieses Gefühl von Vernichtung wieder da, als wäre es nie richtig überwunden gewesen. Es legt sich um seine Kehle, zieht an seinen Eingeweiden und lässt seine Beine schwach werden.

«Wie kommst du darauf? Du bist gar nicht schuld. An was auch? Ich verlasse dich auch nicht. Ich muss nur nach Hause zu meiner Familie. Das Geld werde ich verstecken und nur soviel brauchen, wie ich unbedingt zum Leben benötige. Ich will meinen Frieden wieder, auch wenn ich dazu wieder arm sein muss – kannst du das verstehen? Wir bleiben Freunde», erklärt ihm Barbu und betrachtet stirnrunzelnd das Häufchen Elend vor sich auf dem Sessel.

«Ich wünschte, ich hätte auch eine Familie, zu der ich mich verziehen könnte. Oder zumindest eine Freundin, eine Partnerin. Aber das scheine ich nicht mehr zu haben. Und glaub mir – ich würde auch mein Geld und alles geben, um mich einmal im Leben geborgen zu fühlen.», erwidert Sam weinerlich und badet ausgiebig in seinem Selbst-mitleid.

«Marie kommt ganz sicher zurück. Sie hat mich noch beim Abschied gebeten, gut nach dir zu schauen. Warum wohl? Weil sie dich liebt, mein Freund.»

Barbu spürt den großen Schmerz von Sam, sei-ne Angst und den Abgrund, in den er offenbar gerade zu blicken scheint.

«Hoffen wir es... Wann gehst du?», brabbelt Sam, aus dem Fenster blickend und irgendwo auf dem See nach Halt suchend.

«Eigentlich jetzt, aber ich kann auch erst am Nachmittag fahren und dann den Bus am nächsten Morgen nehmen...»

«Nein, nein – auf keinen Fall. Dann musst du meinetwegen in Zürich übernachten. Es ist O.K., Barbu», erklärt Sam mit fester Stimme und schaut ihn klar an. Er erhebt sich und umarmt seinen Tauchkumpanen.

So stehen sie für lange Sekunden und sehen sich in die feuchten Augen. Auch Barbu scheint mit sich zu kämpfen, um nicht einfach loszuheulen.

Seine Jugend in Rumänien war rau, es gab viele schwere Momente und Schicksalsschläge in der

Familie. Todesfälle, die man hätte verhindern können, hätte man Geld gehabt oder zumindest einen Job, um einen Kredit zu bekommen. Er hat nie etwas anderes erlebt als Mangel, und jetzt? Ist es jetzt der Überfluss, der die schweren Momente bringt? Chuck ist gestorben, gerade weil Geld da war, nicht weil es daran mangelte. Sein Bruder starb, weil er den Reichtum, der ein friedliches und tolles Leben verspricht, schon in den Händen gehalten hat und nicht mehr loslassen konnte.

Verrückt und noch brutaler als Leiden aus Mangel, geht Barbu durch den Kopf. Und dann der Mann vor ihm, der ihn mit tiefer Angst in den Augen ansieht, der gerade wieder knapp dem Tod entronnen ist und sich nicht darüber freuen kann, weil die Einsamkeit, die man mit keinem Geld der Welt wirklich bezwingen kann, ihn aufzufressen droht und er sie mehr fürchtet als den Tod.

Sam drückt Barbu fest an sich und stößt ihn dann freundlich von sich weg, räuspert sich, um nicht in Sentimentalität zu verfallen. «Geh mein Freund und melde dich bitte, wenn du angekommen bist», raunt er mit heiserer Stimme und nickt dazu.

Barbu nimmt seine Tasche vom Sessel und holt Luft, aber Sam schüttelt den Kopf. Es ist alles gesagt und selbst wenn Barbu hierbleiben würde, wäre er einsam. Sein Herz schreit nach Marie, nicht nach Gesellschaft eines Freundes.

Dann geht Barbu wortlos, ohne sich nochmals umzudrehen, aus der Tür. Die Tür fällt ins Schloss und es ist totenstill in Sams Haus.

In seinem Haus herumtigernd probiert Sam zur Ruhe zu kommen. Es ist zwar erst Mittag, aber er hat sich einen schönen Single Malt eingeschenkt und nippt an dem Glas. Das darf nicht zur Gewohnheit werden. Er kennt die Folgen, wenn er seine Einsamkeit mit Alkohol zu besänftigen versucht. Es hat nie wirklich geklappt und wurde, wenn er danach nüchtern war, nur noch schlimmer. Aber jetzt – einen zur Feier des Tages, wie er sich zynisch lächelnd selbst erklärte, als er das Glas eingeschenkt hatte, jetzt darf er, nein muss er, sich einen genehmigen.

Als er seinem Lieblingssessel eingekuschelt, mit Blick auf den See, an dem Glas nippt, fährt es ihm wie ein Blitz durch den Kopf: Der Stein! Er muss sofort nachschauen, ob er noch da ist.

Der große Rohdiamant. Warum sollte er nicht mehr da sein?

Schließlich hat er niemandem davon erzählt. Den anderen der großen Steine hat Barbu in den See geschleudert, als er ihn in Chucks Beintasche gefunden hatte. Letztlich war es diese Tatsache, welche Sam entlastet hat. Den leisen Verdacht, er könnte etwas getan haben, was zu Chucks Tod geführt hat, hat er ganz deutlich in Maries und Barbus Augen lesen können, auch wie er verflogen ist, als der große Stein bei Chuck zum Vorschein kam.

Der einzige verbliebene Große liegt unter dem Buddha versteckt, auch wenn alle denken, er sei mit der Nylontasche auf den Grund des Sees gesunken. Davon sollen Marie und die anderen nie etwas erfahren. Der Stein muss weg – zu Arik – erst dann kann er alles andere regeln.

In seinen Wandersandalen geht Sam über den Kiesweg in seinen dürftigen Garten. Der steinerne Buddha ruht wie eh und je auf seinem Sockel. Keine Pflanzen sind umgeknickt, auch Kies um ihn herum ist nicht aufgewühlt, aber er muss Gewissheit haben. Angestrengt umfasst er die schwere Steinfigur und muss sein ganzes Gewicht einsetzen, um sie seitlich zu verschieben. Knirschend bewegt sich der Buddha und gibt einen Spalt zu dem hohlen Sockel unter ihm frei. Sam fast hinein, tastet. Nichts. Vielleicht ist die Tüte weiter hinten? Aber wie könnte das geschehen sein? Er hat beim Verstecken den Buddha nur gerade so weit bewegt, dass die Tüte durch die Spalte passte. Sie müsste genau unter der winzigen Öffnung liegen. Sam geht hastig zur Garage, um eine Taschenlampe zu holen. Zurück leuchtet er damit in die Öffnung. Da ist nichts. Definitiv nichts. Der Stein ist weg!

In Sams Kopf herrscht ein Brausen und ein Lärm, wie wenn tausend Stimmen mit ihm sprechen würden, Erklärungsversuche machen, wütende Kommentare abgeben. Er taumelt zurück zum Haus, schenkt sich das Glas randvoll ein und setzt sich mit dem Single Malt auf die Terrasse. Er muss jetzt ganz genau nachdenken.

Als er den Stein versteckt hat, waren nur Emma und Marie im Haus. Jace und Piet waren beim Tauchen im Neuenburger See. Es waren also nur die beiden Frauen im Haus, und sie haben es vielleicht mitbekommen. Aber beiden traute er nicht zu, den Stein einfach zu stehlen. Doch sie hätten natürlich auch ihre Beobachtung jemandem erzählen können. Im Grunde kommt jeder und jede infrage.

Aber was heißt hier stehlen? Er selbst hat ja den Stein, statt ihn in der Tasche im See zu verstecken, unter den Buddha geschmuggelt und niemandem etwas davon erzählt. Ist nicht er derjenige, der ihn zuerst gestohlen hat? Warum soll sich der oder die sich dafür im Unrecht fühlen, ihn jetzt einfach weggenommen zu haben?

Sam hat keine Antwort darauf, aber die Sache einfach auf sich beruhen lassen kann er auch nicht. Dabei geht es ihm nicht einmal um den Wert des Steins. Man kann ihn sowieso nicht als Ganzes verkaufen, wie schon Chuck gemerkt hatte. Auch wenn er die Anderen durch das heimliche Verstecken des Steins faktisch betrogen hat, muss er nun aufspüren, wer zum Teufel nun ihn betrogen hat. Was steckt dahinter? Und wie hat überhaupt jemand etwas von dem Versteck bemerkt? Der Garten ist nur vom See her oder aus der Luft einsehbar. Außer natürlich ist man direkt im Garten. Aber das wäre ihm aufgefallen. Er stand mit Blick zum Eingang des Gartens, als er an dem Buddha hantierte.

Vom See her oder aus der Luft? Hatten Arik und seine Leute etwas damit zu tun? Vielleicht lässt Arik sie überwachen und es sind irgendwo Kameras installiert oder jemand beobachtet das Haus mit einem Fernglas. Zutrauen würde er ihm so was. Aber wie sollten sie den Stein holen, es war doch immer jemand im Haus? Oder nicht? Er hat vorher nie kontrolliert, ob der Stein noch da ist. Ariks Leute hätten gut in der Nacht, als sie zum Tauchen waren, den Stein holen können. Da stand das Haus leer. Oder natürlich auch bei einer früheren Gelegenheit, als sie alle weg waren. Es bleiben Marie und Emma. Aber halt. Es hätten genauso gut Jace und Emma gewesen sein können. Sogar Chuck oder Piet kommen infrage, wenn Marie davon erzählt hat. Es hätte genug Möglichkeiten gegeben. Emma oder Marie hätten den Buddha jedenfalls kaum allein bewegen können. Oder doch? Es ist zum verrückt werden. Das Einzige, was er sicher weiß, ist, dass jemand ihn beobachtet haben muss. Per Zufall schiebt niemand den Buddha vom Sockel, um darunter nachzusehen.

Er findet keinen Anhaltspunkt, wo er mit der Suche beginnen soll, und weiß noch nicht einmal, warum er suchen sollte oder was er zu finden glaubt.

Vor seinen Augen dreht sich alles. Der Alkohol war wohl doch nicht so eine gute Idee in seinem Zustand. Ihm wird speiübel. Er richtet sich auf und beugt sich über das Geländer. In einem Schwall spritzt ihm die braune Brühe aus Orangensaft, Kaffee und dem Whisky aus dem Mund in den See. Er hustet und würgt. Spuckt, um den ekligen Geruch aus dem Mund zu kriegen. Als das Würgen nachlässt, beginnt sein Körper zu zittern. Eine Mischung aus Wut und Angst steigt in ihm hoch und er klammert sich an das Geländer. Tränen laufen ihm über das Gesicht und er tritt mit dem Fuß immer wieder hart auf die Planken der Terrasse. Schließlich wankt er zu einem der Korbsessel, zieht die Beine an den Bauch und schläft augenblicklich ein.

Zwei

Von einem Geräusch geweckt schießt Sam mit einem Ruck aus dem Schlaf hoch. Der Raddampfer lässt nochmals sein dumpfes Dampfhorn über den See dröhnen und wie zur Antwort kommt der Klang Sekunden später von den Berghängen zurück. Es ist Nachmittag. Die Sonnenstrahlen erreichen nahezu den Rand seiner Terrasse. Er muss für Stunden geschlafen haben, sein Körper scheint immer noch Ruhe zu brauchen.

Mühsam kämpft er sich aus dem unbequemen Korbstuhl und streckt seine Glieder. Sein Kopf dröhnt. Er streift sich die Jogginghose ab und geht zum Geländer. Wenn man dort auf dem Hocker steht, kann man mit einem Kopfsprung direkt in den See hechten.

Das auch im Sommer in der Tiefe kalte Wasser wirkt wie ein Schock auf seinen Körper. Er lässt sich in die türkisgrün schimmernde Tiefe sinken und trinkt dabei einige Schlucke Wasser, um seinen brennenden Durst zu löschen. Als wenn er träumen würde, überlegt er einen Moment, ob er nicht einfach tiefer und tiefer sinken möchte, bis es für eine Umkehr zu spät ist. Nach der ersten Kälte fühlt er sich nun wohl und geborgen. Die Tiefe lockt mit Frieden. Er lässt sich noch ein wenig weiter sinken, dreht dann aber entschlossen um und blickt nach oben. Gute zehn Meter über ihm funkelt das Licht auf der glatten Seeoberfläche. Mit ruhigen, aber kräftigen Delfin-Beinbewegungen beginnt er aufzusteigen.

Prustend durchbricht er die Wasseroberfläche und schwimmt mit kräftigen Zügen zu der Ausstiegsleiter beim Garten. Als er am Buddha vorbeigeht, um sich im Haus ein Handtuch zu holen, wird ihm auf einen Schlag klar, worum es ihm wirklich geht.

Es geht ihm nicht um den Stein, sondern um Marie. Ist sie darin verwickelt, hat sie ihn betrogen? Das ist die Frage, welche er klären will. Alles andere ist egal – wenn es nur nicht Marie gewesen ist. Danach kann er ihn immer noch Arik übergeben, wenn er ihn denn finden wird.

Am nächsten, späten Nachmittag fährt der Zug in Villefranche-sur Mer ein. Ein hübsches Städtchen am Meer gleich neben Nizza gelegen. Der Zug über Genf und Marseille hat zwar fast ewig gebraucht, aber nun ist er hier.

Es war nicht einfach, die Adresse von Marie herauszufinden. Er hat lange gebraucht, um Tara oder Drake zu erreichen. Als Shop Manager in Island waren es die Einzigen, von welchen Sam sich vorstellen konnte, dass sie die Adresse kennen. Nach vielen Telefonaten hat er schließlich Tara erreichen können.

Nachdem er fast eine Stunde lang die Geschichte ihrer Flucht erzählt hat, traute er sich, Tara nach Marie zu fragen. Er erklärte auch gleich warum. Von seiner Liebe und davon, dass sie ohne eine Nachricht oder sonst eine Erklärung abgehauen ist. Dass er das aber klären müsse, um seinen Frieden wiederzufinden. Ob sie mit ihm zusammen sei oder nicht. Er hat Glück gehabt. Die vermutete, romantische Ader von Tara kam zum Vorschein und sie hat ihm geholfen. Sie hat sich zwar nur an den Ort erinnern können, welchen Marie bei ihrer Anstellung genannt hatte, und das auch nur, weil sie damals im Internet recherchiert und beschlossen hatte, einmal dort in dem hübschen Örtchen ihren Urlaub zu verbringen. Peinlich war Sam, dass er zugeben musste, nicht einmal den Nachnamen von Marie zu kennen, doch Tara lachte und musste selbst nachschauen. Eigentlich war das normal, da die Taucher in V18 sich mit Vornamen anredeten oder sogar nur den Spitznamen kannten.

Danach fand Sam im Zug nach Villefranche-sur Mer mithilfe von Google und Maries Nachnamen Petite, ihre Adresse heraus. Leider ist Petite ein sehr häufiger Nachname in Frankreich, doch er rief einfach alle Festnetznummern, die er im elektronischen Telefonbuch im Ort unter Petite hatte finden können, von seinem Handy aus an und hatte Glück. Bereits beim zweiten Anruf hatte er Maries Mutter in der Leitung. Sein Französisch reichte gerade aus, um ihr die Information zu entlocken, dass Marie seit drei Tagen tatsächlich zu Hause ist.

Nun nimmt er sich am Bahnhof ein Taxi und lässt sich in einen der Vororte von Villefranche-sur Mer in ein hässliches Plattenbauquartier aus den sechziger Jahren fahren. Er steigt aus und schwingt die leichte Sporttasche, in die er das Nötigste gepackt hat, über die Schulter. Bald findet er den richtigen Eingang und auf der ziemlich ramponierten Klingelanlage auch den Familiennamen von Marie – Petite.

Er blickt sich um. Ein trostloser Anblick. Eine Straße mit ein paar Bäumen, welche sich knapp am Leben halten können, und dazwischen alles vollgeparkt mit Autos. Billige Autos, alle älter als zehn Jahre, schätzt er.

Wenn man Hühner so halten würde, hätte man den Tierschutz am Hals, denkt er bei sich. Er hat sich seit Jahren gefragt, wie man so etwas Menschenfeindliches bauen konnte. Das Quartier ist keine Ausnahme – man findet sie rund um den Globus und auch in der ach so reichen Schweiz. Wieso keiner auf die Idee kam, dass etwas mehr grün, vielleicht begrünte Fassaden oder eine Parkanlage, das Leben soviel besser machen konnten. Vielleicht war das ja eine gute Möglichkeit mit dem Geld etwas Sinnvolles zu tun, sich zu engagieren und selbst dabei erfüllt zu sein. Doch dazu müsste er den großen Rohdiamanten aufstöbern. Mit dem Geld von Arik würde man nicht über ein, zwei Projekte hinauskommen. Und vielleicht würde die Idee auch Marie gefallen? Von einer Tauchbasis war sie, wie er selbst auch, wenig begeistert. Gemeinsam lebenswerte Wohnräume zu schaffen könnte sie zusammenschweißen, ihnen einen gemeinsamen Traum geben. Von Liebe allein leben Beziehungen nicht – nicht lange jedenfalls, sinniert er.

Doch alles der Reihe nach. Um überhaupt an eine gemeinsame Zukunft zu denken, muss er zuerst herausfinden, ob er sich hintergangen fühlen muss. Ob es noch eine Vertrauensbasis gibt, auf der eine Beziehung wachsen kann. Dabei wird er nur mit Ehrlichkeit weiterkommen. Das ist ihm klar.

Er muss ihr so oder so von seiner idiotischen Aktion mit dem Stein unter dem Buddha erzählen – auch wenn er immer noch keine schlüssige Antwort für sich gefunden hat, wieso er den Stein damals heimlich versteckt hat. Gut möglich, dass es ihr ähnlich geht, wenn sie es denn ist, die den Stein nun bei sich hat. Vielleicht kann sie sich auch nicht erklären, warum sie so gehandelt hat. Dann hätten sie beide einen Betrug begangen und könnten sich gegenseitig verzeihen. Das wäre zumindest ein besseres Gefühl für ihn. Wünscht er sich nun, dass es Marie war? Und wenn nicht – wird sie ihm verzeihen und jemals wieder vertrauen? Verrückt!

Er lächelt schief. Die alte Taktik. Mit abschweifenden Gedanken konnte er seit jeher immer Schwieriges oder Unangenehmes, wie einen Telefonanruf bei der Steuerbehörde oder ein klärendes Gespräch mit der Freundin, für Stunden oder Tage herauszögern. Bevor er sich traut auf die Klingel zu drücken, zählt er von fünf rückwärts. Bei Eins drückt er auf den Klingelknopf. Es tutet in der Gegensprechanlage.

«Oui – hallo?», klingt es blechern aus der Anlage, aber er erkennt Maries Stimme sofort. Er räuspert sich, um seine Stimme zu finden.

«Ich bin es – Sam – hallo Marie», versucht er so locker und normal klingend wie möglich zu antworten. Stille. Sam hält den Atem an.

«Oui Sam – Maman hat mir von deinem Anruf erzählt und ich habe mir ohnehin gedacht, dass du wohl hier auftauchen wirst. Warte – ich komme runter.»

Ist das ein gutes Zeichen? Ihre Stimme klang warm, nicht abweisend und doch, warum bittet sie ihn nicht herauf?

Zwei Minuten später geht die Glastür auf und Marie kommt mit beschwingten Schritten auf ihn zu. Gut sieht sie aus. Sie trägt Jeans mit modern zerrissenem Stoff über den Knien, darüber eine blütenweiße Bluse und – das hatte er noch nie an ihr gesehen – sie trägt braune Stöckelschuhe. Darin schwingt sie auf ihn zu und sein Bauch fühlt sich augenblicklich ganz flau an. Als sie bei ihm ankommt, schaut sie ihm für Sekunden in die Augen. Ein warmer Blick, redet er sich ein, um sich beruhigen. Dann geht sie auf ihn zu, umarmt ihn, drückt ihn fest an sich und legt ihm ihren Kopf auf die Schulter. Er spürt ihren warmen, weichen Körper, spürt den Druck ihres festen Busens an seiner Brust und den blumigen Duft ihrer Haut, den er so gut kennt. Ewig könnte er so stehen bleiben. Doch sie löst sich von ihm, nimmt seine Hand und deutet auf ein paar Parkbänke, die verloren um etwas stehen, was wohl einmal ein Kinderspielplatz hätte sein sollen. Gemeinsam setzen sie sich auf eine Bank und legen, wie damals in seinem Zimmer in V18, ein Bein seitlich auf die Bank, um sich gegenüberzusitzen.

An ihm vorbei blickt sie in die Ferne und beginnt leise zu sprechen:

«Ich weiß, Sam, ich bin dir eine Erklärung schuldig...»

Er sagt nichts darauf und lässt die Stille zu, auch wenn er fast platzt vor Erwartung, sie am liebsten mit seinen Fragen, seinen Erklärungen überschütten möchte, um alles rasch hinter sich zu haben und sie wieder in den Armen halten zu können.

«Ich konnte einfach nach dem Abend mit dem Unfall von Chuck und deinem Zustand nicht mehr. Ich musste flüchten. Schon im Zug habe ich mich ganz elend gefühlt und ich hatte ein schlechtes Gewissen. Aber ich habe auch gespürt, dass mir die Distanz zu allem guttut – deshalb habe ich mich auch noch nicht bei dir gemeldet.»

«Marie, ich verstehe dich doch. Es waren wohl für uns alle die extremsten Wochen unseres Lebens....Doch warum gehöre ich für dich zu dem, was dir nicht guttut? Warum um alles in der Welt brauchst du Abstand von mir?»

Lange betrachtet ihn Marie, bis sie antwortet: «Bitte gib mir Zeit, Sam....ich brauche einfach Zeit für mich. Unsere Beziehung ist, wie soll ich sagen? Sie ist einfach nicht unbelastet von all dem Grauenhaften, das passiert ist. Meine Gefühle können dich von dem, was geschehen ist, manchmal kaum trennen. Obwohl ich doch weiß, dass du an nichts schuld bist.

Versonnen nickt Sam. Diesen Satz «Gib mir bitte Zeit» kennt er zur Genüge. Es bedeutet: Es ist vorbei, aber ich bringe es nicht über mich, es dir offen zu sagen. Die Zeit wird helfen, dass du dich von mir löst, und dann ist alles ganz einfach Vergangenheit. Ohne Konfrontation, es verläuft einfach im Sand.

«Bist du hier aufgewachsen?», bemüht sich Sam das Thema zu wechseln, in der Hoffnung, Marie ein wenig aufzulockern, und um den wachsenden Druck in seiner Brust zu besänftigen. Sie lacht und wirft den Kopf in den Nacken. Ihre braunen Haare schwingen über ihre Schultern und er riskiert einen Blick auf den Ansatz ihres wunderschönen Busens, als sie in den Himmel lacht. Wehmut kommt in ihm auf und die Erkenntnis, dass es vielleicht das letzte Mal ist, wo er ihr so nahe sein kann.

«Ja – richtig – in diesem Ghetto hier bin ich aufgewachsen. Es ist immer noch mein Zuhause. Und es wird es wohl bleiben. Als ich hier angekommen bin, dachte ich zuerst, ich könnte für mich und Maman eine schöne Wohnung in der Bucht kaufen. Aber ich habe schnell gemerkt, dass sie das gar nicht möchte. Sie wird hier sterben, aber sie fühlt sich hier auch Zuhause und hat ihre Freundinnen hier. Auch wenn man sich das fast nicht vorstellen kann.»

Sam verkneift sich die Fragen, welche ihm auf der Zunge liegen. Die guten Ratschläge, die er sonst wie immer ungefragt von sich gegeben hätte.

«Als ich zehn Jahre alt war, ist Papa einkaufen gegangen und nie mehr zurückgekommen. Ein Klassiker!», fährt Marie mit einem leisen Lachen fort.

«Bis vor zwei Tagen habe ich nicht begriffen, was in einem Menschen vorgeht, der einfach abhaut und alles hinter sich lässt. Es ist gewiss ein wenig verrückt...dreiundzwanzig Jahre lang habe ich gefühlt, dass man sich auf niemanden verlassen kann, dass er von einem Tag auf den anderen einfach weg sein kann, und nun bin ich selber da angekommen...»

Sam sucht Maries Blick und sagt sanft: «Hast du denn seither jemals einem Mann vertraut, dich auf ihn einlassen können?»

«Touché – nein, habe ich nicht. Meine Beziehungen haben immer dann geendet, wenn es ernsthafter wurde...», haucht Marie verlegen und senkt den Blick.

«Vielleicht ist das jetzt deine Chance?», macht Sam einen Versuch.

Marie nickt, schaut ihm in die Augen und haucht leise: «Gibt mir etwas Zeit, meine Chance zu packen».

Sam nimmt sie in die Arme und wiegt sie sanft wie ein Kind. Vielleicht war es eine Chance, aber wenn, dann wohl erst viel später und nicht mit ihm, glaubt er zu wissen.

«Marie, ich muss dir auch etwas beichten. Etwas wofür ich mich sehr schäme und bis heute nicht begreife, warum ich es überhaupt gemacht habe». Sam hat durch Maries Offenheit und die scheinbare Aussichtslosigkeit, Mut gefasst. Was hat er zu verlieren?

Augenblicklich spürt er, wie sich der warme, weiche Körper in seinen Armen etwas versteift, aber sie löst sich nicht aus der Umarmung. Sie fragt nichts, scheint abzuwarten. Instinktiv erwartet sie etwas Schlimmes. Mehr als: Ich habe heimlich ein Nacktfoto von dir gemacht, als du geschlafen hast, oder so was in der Art. Eine dumpfe Ahnung steigt in Marie hoch. Hat Sam doch etwas mit dem Tod von Chuck zu tun. Sie zwingt sich den Gedanken sofort wieder zu verdrängen, der ein kaltes Grauen in ihr aufsteigen lässt. Sie blickt Sam mit angsterfüllten Augen an und schafft es zu hauchen: «Oui – und was musst du mir erzählen?»

Sam erzählt, wie er bei dem Tauchgang vor zwei Tagen den einen der großen Steine – wie Chuck – aus der Tasche genommen und sich in die Beintasche gesteckt hat, damit er nicht in der Tasche im See versteckt wird, sondern um ihn unter seine Buddha-Figur im Garten zu legen.

«Und warum hast du das gemacht? Hast du uns nicht vertraut oder was war das?», fragt Marie nun etwas entrüstet und ist doch erleichtert. Es hat nichts mit Chucks Tod zu tun. Er hatte ihnen, hatte ihr misstraut. Das war es also, was die ganze Zeit in seinem Haus zwischen ihnen gestanden hatte. Das Misstrauen hatte diese kleine und doch unsägliche Distanz zwischen ihnen geschaffen. Hatte sich angefühlt, wie eine Schutzschicht zwischen ihnen, selbst dann, wenn sie nackt nebeneinander im Schlaf aneinander geschmiegt lagen.

Sanft löst sie sich aus der Umarmung und setzt sich gerade hin. Ihr Blick haftet an der Kinderschaukel, von der nur noch ein zerfranstes Seil an der Stange hängt. Sam sieht, wie seine Ehrlichkeit bei Marie einschlägt, wie sie in Gedanken die Zeit im Haus durchgeht, wie er selbst es so oft in den letzten Stunden gemacht hat. Wie ihr Gehirn die Möglichkeiten abklappert, wie das alles einzuordnen ist, wie sie nach einer rationalen Lösung sucht, während ihre Gefühle zugleich eine Antwort gefunden haben. Er tastet sich vor, um seinen Arm um Marie zu legen, doch sie rutscht kaum merklich ein wenig zur Seite, als er seine Hand hebt.

«Wenn ich das wüsste, Marie. Ich habe meine eigenen Kindheitstraumen, Glaubenssätze und so weiter durchsucht und bin zu keiner Antwort gekommen. Es war ein Betrug und es tut mir sehr leid. Auch, dass ich es nicht einmal dir gesagt habe. Dem Menschen, der mir am wichtigsten ist...», versucht er mit sanfter Stimme ihre Fragen zu beantworten.

«Und jetzt, was hast du mit dem Stein vor?», fragt ihn Marie fast tonlos.

«Das ist es ja – er ist weg... und ich habe keine Ahnung, wer ihn weggenommen hat. Es kommen eigentlich alle infrage. Am wahrscheinlichsten scheint mir, die Leute von Arik haben mitbekommen, wo er ist, und ihn sich geholt.»

«Bist du etwa deswegen hergekommen? Wegen dieses blöden Steins? Diese Steine haben alles nur noch schlimmer gemacht! Merkst du das denn nicht?». Marie ist lauter geworden und ihre Augen funkeln Sam an.

«Nein – ich wollte nur...»

«Was? Mich fragen, ob ich den Stein habe?», fällt ihm Marie ins Wort. Ihre Wangen haben sich rot gefärbt.

«Nur, damit du es weißt, und ich sage es nur einmal: ICH habe den verdammten Stein ganz sicher nicht! Was fällt dir eigentlich ein?»

Beschwichtigend hebt Sam die Arme, sagt ruhig und bestimmt: «Marie – ich flehe dich an. Bitte beruhige dich. Deshalb bin ich ganz sicher nicht hergekommen. Ich wollte doch bloß Klarheit zwischen uns schaffen und ehrlich sein zu dir. Der Stein ist mir so scheißegal wie dir – ich will dir nur beweisen, dass ich keine Geheimnisse vor dir habe, und dir erklären, dass ich dich von ganzem Herzen liebe. Dass ich dich gerne als Frau an meiner Seite haben möchte. Nichts weniger als das!»

Sam verstummt. Er hat alle Munition verschossen. Leer – er sucht nach weiteren Worten, doch das war alles, was er sagen konnte. Autos brummen vorbei, von irgendwoher hört er Kinderlachen. Die Welt dreht sich weiter, das Leben geht weiter, auch wenn seines gerade stillsteht.

Gespannt schaut er in Maries flackernde Augen. Sie starrt ihn für Sekunden an, dann beginnt sie sanft ihren Kopf zu schütteln und Sam hebt die Hände wie zum Gebet vor ihr.

Ruckartig fährt sie hoch, nimmt seinen Kopf zwischen ihre Hände und küsst ihn lange und intensiv auf den Mund. Sam sitzt wie gebannt regungslos auf der Bank. Marie lässt ihn los, wirft ihm einen letzten Blick mit Tränen gefüllten Augen zu, dreht sich um und rennt wie eine Furie zurück zum Wohnblock.

Sam blickt in den Himmel und hat das Gefühl, die Wohnblocks um ihn herum grinsen auf ihn herunter. Regungslos bleibt er auf der Bank sitzen, bis ihm klar wird, dass die gläserne Eingangstür im Wohnblock gegenüber sich nicht öffnen wird und Marie nicht zu ihm zurückkommt.

Sein Magen fühlt sich an wie damals, als er als Junge vom Zehnmeterturm sprang. Ein kurzes Gefühl von Schwerelosigkeit und dann die Tiefe, welche ihn immer schneller nach unten reißt. Doch diese ein, zwei Sekunden der Angst im freien Fall dehnen sich. Da ist keine Gewissheit, dass es bald mit dem Druck auf der Brust vorbei sein wird und er mit einem wohligen Gefühl nach dem Eintauchen zur Oberfläche schwimmen kann. So müsste es sein, wenn man aus tausend Metern fällt. Er möchte schreien, doch ihm bleibt die Luft weg.

Seine Gedanken überschlagen sich mit Ideen, wie er Marie doch noch zurückbekommen könnte. Ihr einfach nachlaufen... oder ihr Zeit geben und sich dann nach ein paar Tagen wieder melden, oder?

Er musste doch was tun. Was tun – war das nicht das, was er sein ganzes Leben lang, mehr oder weniger verzweifelt, in solchen Situationen immer versucht hat? Genutzt hat es ganz offensichtlich nie etwas – sonst wäre er nicht alleine geblieben, so wie jetzt wieder.

Das Unterbewusstsein wechselte auf die zweite Strategie, um ihn aus dem freien Fall zu retten. War es der Verlust von Marie, der ihn so verzweifeln ließ, oder nur einfach seine eigene Verlorenheit mit sich selber? Oder gar sein gekränktes Ego, weil er die junge, attraktive Frau nicht halten kann. In früheren Situationen hat er jeweils mit seinen Möglichkeiten als Manager aufgetrumpft und die Frauen mit Großzügigkeit umgarnt. Das hat immer nur eine kurze Zeit funktioniert und danach ist er doch verlassen worden, mit dem idiotischen Gefühl, ausgenutzt worden zu sein.

Das hat er nicht mehr nötig, bemerkt sein Verstand trotzig. Und überhaupt: Ist er nicht einfach nur verliebt und deshalb blind?

Es gibt Psychologen, welche den Zustand der Verliebtheit als den egoistischsten Teil einer Beziehung bezeichnen. Es gehe nur um das Gegenüber und darum, wie toll und bereichernd die Person sei. Dabei meint man damit sich selbst. Wie gut es einem selber geht, wenn sie da ist, wenn sie dich streichelt, wenn sie dich anlächelt. Darum, was man selbst empfindet, und nicht darum, wer sie ist. Deshalb tue es jetzt auch so weh. Nicht wegen des Menschen, der aus dem eigenen Leben verschwindet, sondern um den Verlust der schönen Gefühle, des Glücks, das man empfindet, und dass man deshalb krampfhaft festzuhalten versucht, doziert sein Verstand.

«Bullshit», raunt Sam zu sich selbst. Er lässt das Gesicht auf die Knie sinken und faltet die Hände hinter dem Kopf. Endlich traut sich sein Bewusstsein, die Gefühle zuzulassen. Tränen tropfen zwischen seinen Knien auf den Asphalt. Mit einem Zittern atmet Sam tief in den Bauch und die Spannung beginnt sich zu lösen. Wellen von lautlosem Schluchzen durchlaufen ihn, während er sich mit den Händen den Kopf festhält.

Minutenlang sitzt er so verloren da und lässt seinen Schmerz zu, bis er plötzlich eine Hand auf seiner Schulter spürt.

Blinzelnd setzt sich Sam auf. Er wischt die Tränen aus dem Gesicht und sieht hoch. Für einen Moment hofft er Marie zu sehen, doch neben ihm befindet sich ein alter Mann in abgerissenen Kleidern mit einer Plastikeinkaufstüte in der Hand und sieht ihn besorgt an.

«Ça va? Geht es dir gut?», fragt ihn der Alte mit warmer Stimme und sanftem Blick. Sam schaut ihn an und nickt leicht mit dem Kopf.

Der Alte drückt nochmals seine Schulter, tätschelt seinen Rücken und schlurft davon. Er pfeift ein Chanson: «Non, je ne regrette rien – Nein, ich bereue nichts.»

Sam zwingt sich zu einem Lächeln, wuchtet sich hoch, schwingt die Tasche auf die Schulter und sieht sich um. Wie kommt er von hier weg zum Bahnhof? Doch was soll er da? Wo soll er hin? Nach Hause? Sein Zuhause ist gerade in dem Wohnblock da drüben verschwunden.

Die Zähne zusammenbeißend schluckt er die Tränen, die sich wieder ankündigen, herunter und beginnt langsam in Richtung der Hauptstraße zu wanken. Das Gehen tut ihm gut und er spürt den Drang einfach loszurennen. Als er beginnt schneller zu laufen, hört er jemand hinter sich seinen Namen schreien.

«Sam – Sam, warte...»

Sam wirbelt herum. Keine fünfzig Meter von ihm entfernt, sieht er Marie vor der Glastür stehen. In zehn Sekunden könnte er bei ihr sein, sie in die Arme nehmen.

Ungläubig starrt er sie an, wie sie mit ausgebreiteten Armen vor der Tür steht. Oder bildet er sich das ein? Hat er jetzt Wahnvorstellungen oder ist da wirklich Marie? Hat sie sich anders entschieden oder will sie ihm einfach noch was sagen? Oder hat sie sich gefangen und will ihm nun doch noch ihre ganze Wut an den Kopf schmeißen?

Durch die Glastür war Marie zu dem maroden Lift gerannt und wollte auf den schmierigen Knopf drücken. Doch das Lämpchen in dem Knopf schimmerte und sie hörte ein Rumpeln über sich im Schacht. Da schien jemand was ein oder auszuladen. Diese kurze Pause ließ sie zuerst schluchzen und dann mit den Füßen auf den Boden stampfen.

Sie war so wütend, so verletzt und schrie wie eine Furie ins Treppenhaus. Dann war das Gefühl ganz plötzlich weg, hatte sich mit der Luft des Schreis entladen und sich im Treppenhaus verflüchtigt.

Für kurze Sekunden war es vollkommen still in ihr. Dann zog sich ihr Bauch zusammen. Sam! Sie will ihn nicht verlieren, darf ihn nicht verlieren.

Wie damals in der Liebesnacht, als dieses Gefühl so glasklar in ihr auftauchte und sie sich zum ersten Mal in ihrem Leben einem Mann wirklich hingeben konnte, ihn für sich haben wollte, war wieder vollkommene Klarheit in ihr.

Das ist sie – ihre Chance, sich endgültig vom Schmerz, den ihr Vater ihr zugefügt hatte, zu befreien. Sie spürte eine starke Liebe in sich. Wegen Sams Ehrlichkeit, denn ein Betrug war es eigentlich nicht, nur eine fehlende Offenheit. Doch er hat sich vollständig geöffnet, ist nicht ausgewichen oder einfach verschwunden. Und sie selbst? Ist sie offen und ehrlich zu Sam gewesen?

Hat sie ihm erzählt, was sie von Chuck und Emma wusste? Auch wenn sie damals dachte, es sei alles nur zum Besten für alle, warum hat sie Sam nicht davon erzählt? Sie waren doch ein Paar und vertrauten sich, hatten ausgemacht keine Geheimnisse voreinander zu haben. Würde Sam das nicht genauso als Betrug empfinden, wie sie seine Heimlichtuerei um den Stein unter dem Buddha?

Was haben diese verfluchten Steine für Menschen aus ihnen allen gemacht! Das muss sich ändern – jetzt!

In diesen kurzen Sekunden vor dem Lift hat sich alles geändert. Nun will sie ihre Zukunft selbst bestimmen. Sich nicht mehr von ihrer Vergangenheit oder von Reichtum manipulieren lassen. Glasklar wird Marie bewusst, was sie von ihrem Leben will, und davon ist Sam ein wichtiger Teil.

Mit einem Ruck dreht sie sich um, streift die Stöckelschuhe aus und rennt barfuß aus dem Haus.

«Sam», ruft Marie wieder und geht ein paar Schritte auf ihn zu.

Da war keine Wut in dem Schrei, eher Verzweiflung. Sam lässt die Tasche fallen und rennt los. Zehn Sekunden und er wird sie in den Armen halten können.

Nun rennt auch Marie los. Sam sieht den blauen Omnibus auf der Quartierstraße auftauchen. Er bleibt stehen, hebt winkend die Arme, doch Marie sprintet darauf noch schneller. Später wird er oft an diese eine Sekunde denken. Wäre er auf die Straße gerannt, hätte der Fahrer ihn sicher gesehen und abgebremst, doch er war stehen geblieben. Der Fahrer hatte keine Chance Marie zu sehen. Sie rannte zuerst die Straße entlang und war dann wie aus dem Nichts aus dem Schatten auf die Fahrbahn gerannt.

Ein dumpfer Schlag und erst danach quietschen die Reifen. Marie war ohne sich umzusehen, nur auf ihn auf der anderen Straßenseite fixiert, vor den Bus gerannt. Der Omnibus war auf der schmalen Quartierstraße nicht schnell gefahren, vielleicht zwanzig km/h, so schnell wie ein Fahrrad. Doch die Wucht hatte ausgereicht, um Marie durch die Luft zurück auf den Gehsteig zu schleudern. Reine Physik – zehn Tonnen Stahl gegen fünfzig Kilo weiches Gewebe und Knochen.

Sam steht wie angewurzelt auf der anderen Straßenseite. Menschen steigen aus dem Bus, schreien wild durcheinander, andere rennen auf dem Gehsteig in Richtung Bus.

Langsam überquert Sam die Straße, geht vor dem Bus vorbei und sieht eine Traube von Menschen im Kreis versammelt. Er bahnt sich einen Weg durch die Menschen und sieht Marie auf dem Rücken auf dem Boden liegen. Ein Arm in einem unnatürlichen Winkel gebeugt, der andere weit in seine Richtung ausgestreckt. Auf der weißen Bluse sind rote Blutspritzer zu sehen und unter ihrem Kopf hat sich eine dunkle Lache gebildet.

Ein junger Mann beugt sich über sie, tätschelt ihre Wangen und probiert eine Antwort von Marie zu bekommen. Sam hat sofort gewusst, dass Marie tot ist. Gleich nach dem dumpfen Knall hat er es gespürt – sie ist nicht mehr da.

Wie im Traum kniet er sich neben sie, streichelt das feine weiche Haar, spürt die Wärme und Feuchtigkeit ihres Bluts an seinen Händen. Ihre Lider sind halb geschlossen und ihre weiten Pupillen starren in den Himmel.

Der junge Mann sucht an ihrem Hals den Puls ohne fündig zu werden.

«Helfen Sie mir...», schreit er zu Sam und legt die Hände übereinander unter Maries rechten Busen. Mit raschen Stößen kämpft er darum, das Herz von Marie in Gang zu bekommen. Als er nach zwölf Stößen pausiert, beugt Sam sich vor, schließt Maries Lippen, umfasst ihre Nase mit seinem Mund und bläst Luft in ihre Lungen.

Verzweifelt versucht er sie ins Leben, zu ihrem Leben, zurück zu küssen.

Bilder von Nächten voller Liebe, in denen sie sich in wildem Begehren der Lust hingaben, tauchen in seinem Kopf auf. Wie im Zeitraffer rauscht eine Szene nach der anderen vorbei. Als sie zum ersten Mal zusammen getaucht sind, wie Marie gelacht hat bei seinen philosophischen Exkursen im Bus, das Knistern zwischen ihnen als sie sich in der Küche in V18 neben ihn gesetzt hat und dann später in seinem Zimmer aufgetaucht ist. Wie sie lachend in dem eingebrochenen Bett lagen. So musste es sein, wenn man stirbt.

Der Junge schiebt Sam beiseite und stößt wieder energisch auf Maries Brust ein.

Sam kauert auf Knien daneben, sieht zu wie der junge Mann die Beatmung in den Pausen selbst übernimmt.

Es fühlt sich an wie eine Amputation. Wie, wenn ihm ein Arm abgerissen worden wäre. Kein Blut spritzt, kein Schmerz an der Wunde, doch der Arm, der gar nicht mehr zu ihm gehört, pocht und schmerzt höllisch. Ungläubig schaut er an seinem Arm herunter zu Marie und dann wieder zu seinem Arm.

Sirenen ertönen. Mit heulendem Motor rast eine Ambulanz auf sie zu und stoppt mit quietschenden Rädern auf dem Gehsteig vor ihnen.

Alles geht schnell und professionell. Die Sanitäter scheuchen die Menschen zu Seite, außer ihn und den jungen Mann, der immer noch um Maries Leben kämpft. Einer bringt das Tragegestell, der andere öffnet seinen Notfallkoffer. Mit einem Ruck reißt er Maries Bluse auf, nestelt den Defibrillator aus der Tasche und klebt die Kontaktpatches auf ihre Haut. Er drückt Sam und den anderen Helfer von Marie weg und betätigt den Knopf auf dem Kästchen vor sich.

Maries Muskeln krampfen sich zusammen, ihr Oberkörper bäumt sich auf, beugt ihre Brust gegen den Himmel. Zwischen den Stromstößen sieht Sam wie ihre Beine und auch die Augenlider zittern. Hängt sie doch noch an einem seidenen Faden am Leben? Die Prozedur wiederholt sich sechs, siebenmal. Dazwischen, wenn sich das Gerät auflädt, wird Marie mit einem Ambubeutel beatmet. Doch dann schüttelt einer der Männer den Kopf, sieht zu Sam und dem jungen Mann an seiner Seite herüber und hebt wie zur Entschuldigung die Schultern. Es ist vorbei – die Gewissheit ist da. Marie ist weg – tot!

Als Sam aufblickt, sieht er eine ältere Dame zwischen dem Wohnblock und dem Bus. Sie wird von zwei Frauen gestützt und will schluchzend näherkommen. Doch ihre Begleiterinnen versuchen sie sanft zu hindern und umarmen sie. Die

beiden möchten ihr den Anblick des zerschmetter-
ten Kopfes ihres toten Kindes ersparen.

Drei

Sam hat keine Erinnerung daran, wie er aus Frankreich wieder in sein Haus in der Schweiz gekommen ist.

Marie ist in der Ambulanz abtransportiert worden und kurz darauf war die Polizei vor Ort. Er hockte immer noch auf dem Gehsteig und der junge Mann, der sich bemüht hatte, Maries Leben zu retten, kümmerte sich um ihn. Er hat weder aufstehen noch sprechen können. Die Beamten brachten ihn zu ihrem Van, um ein Protokoll aufzunehmen. Zuerst brachte er kein Wort über die Lippen und die Polizisten wollten auch für ihn eine Ambulanz rufen. Doch dann fragte ihn eine junge Beamtin, ob er das Opfer gekannt habe.

Erst da lösten die Tränen seine Starre und er heulte hemmungslos in dem Van. Die Beamtin legte ihren Arm um ihn und schickte die andern heraus. Nach ein paar Minuten war er so weit gefasst, dass er mit stockender Stimme erzählen konnte, was vorgefallen ist. Die Beamtin notierte alles und fragte zum Schluss nach seinen Personalien und der Adresse. Zuletzt fragte sie nochmals, ob er das Opfer gekannt habe. Sam nickte und erwiderte mit erstickter Stimme, dass Marie seine

Frau gewesen sei – wenn auch nicht vor dem Gesetz. Die Beamtin hat ihn verstanden und wieder ihren Arm um ihn gelegt, als das Schluchzen erneut begann, seinen Körper durchzuschütteln. Später fuhren sie ihn in eine Klinik, wo er mit Tabletten in einen tiefen Schlaf fiel. Er meint sich zu erinnern, dass er dort ein, zwei Tage blieb, bis er sich dann hier in seinem Haus wiederfand.

Die ersten Tage erschienen unvorstellbar lang. Sam hat sich einen Plan auf einen Zettel notiert. Aufwachen, frühstücken, schwimmen... Eine einfache Struktur, an die er sich halten kann. Das hatte ihm der Psychologe in der Klinik in Frankreich geraten und er hat sich daran festgeklammert.

Seither sind fast drei Wochen vergangen und ganz langsam ist er jeden Tag ein wenig mehr in der Wirklichkeit angekommen. Er hat oft stundenlang geheult, in Gedanken mit Marie gesprochen, um sie langsam gehen lassen zu können. Dann versiegten die Tränen, als wäre der Vorrat verbraucht. Damit wich auch die Verzweiflung einer dumpfen Benommenheit. Oft dachte er, dass er einfach warten könnte, bis er selbst sterben würde. Doch dann träumte er von Marie. Sie bat ihn, nicht aufzugeben und weiterzumachen. Wenn nicht für sich selbst, dann für sie – aus Liebe zu ihr und aus Respekt dafür, was ihnen das Leben geschenkt hat.

So sinnlos und kitschig sein Verstand den Traum auch bewertete, ihm seine trüben Gedanken die Sinnlosigkeit seines Lebens aufzuzeigen versuchten, es funktionierte. Sam hat begonnen, jeden Tag sich ein wenig mehr in sein Leben zurück zu kämpfen. Wenn Verzweiflung oder depressive Gedanken auftauchten, setzte er sich hin und dachte an Maries Worte in seinem Traum.

Sam legt das Handy übervorsichtig auf die Theke in seiner Küche. Gerade hat er das Gespräch mit Jace beendet und ist aufgewühlt. Aus Furcht, die nächste schlimme Nachricht könnte über ihn hereinbrechen, hat er das Handy wie ein rohes Ei behandelt.

Er klaubt sich einen Zigarillo aus der Packung auf der Theke, geht zum Küchenschrank und füllt sich ein Wasserglas halb voll mit Single Malt. Mit dem brennenden Zigarillo im Mund und dem Glas in der Hand geht er auf die Terrasse. Er setzt sich in den Korbstuhl unter dem großen Sonnenschirm. Der einzige trockene Platz auf der Terrasse. Bereits als er am Morgen aus dem Zug in Interlaken gestiegen ist, hat es genieselt. Der See liegt türkisblau, glatt und stumm vor seinem Haus. Er nimmt einen großen Schluck aus dem Glas, nimmt einen tiefen Zug aus dem Zigarillo und bläst den Rauch mit einem Stoß auf den See hinaus.

Was er gerade von Jace erfahren hat, kann er nicht einordnen. Er kapiert es nicht, kann es nicht analysieren. Es ist ja keine Finanzbilanz, bei der es um Ursachen und Wirkungen geht. Das könnte er – aber hier?

Ein paar Tage nach dem Unfall rief er Jace an, um ihm von Maries Tod zu berichten. Es war das erste Mal seit dem schrecklichen Unfall, dass er mit jemandem sprach, um seine Einsiedelei zu beenden. Jace hat die Nachricht von Maries Tod erstaunlich nüchtern aufgenommen. Er war zwar geschockt, hat viele Fragen gestellt und sich auch bemüht, ihn zu trösten, doch etwas Anderes schien ihn so sehr im Griff zu haben, dass er von einer Art Schutzwand umgeben war.

Sam erkundigte sich auch, wie es ihm und Emma gehe. Ob sie immer noch turteln oder sich schon wie ein altes Ehepaar streiten würden. Natürlich auch, ob sie etwas von Piet gehört hätten, den er nicht erreichen konnte. Er hatte auch vor, vom Stein zu erzählen. Auch auf die Gefahr hin, dass auch Jace und Emma wie Marie reagieren könnten. Er wollte reinen Tisch schaffen. Aber dazu kam er gar nicht.

Als Sam auf Emma, die Schwangerschaft und ihn zu sprechen kam, wurde es still in der Leitung. Sam hat beinahe vermutet, die Verbindung sei unterbrochen worden, als er Jace leise schniefen hörte.

Er glaubte, Jace weinen zu hören. Was um alles in der Welt ging da vor?

Ich habe auch schlechte Neuigkeiten, Sam – leider, begann er nach der Pause, in der er offensichtlich um Fassung kämpfte, zu erzählen.

Emma und er hätten sich gut eingerichtet in dem bescheidenen Haus, das ihren Eltern gehört. Sie hätten ein paar Tage lang die Ruhe und die Normalität genossen. Sie seien oft zu ihren Eltern zum Essen eingeladen worden. Obwohl er davor großen Respekt hatte, hätten ihre Eltern ihn herzlich aufgenommen und Emmas Vater habe ihn ein paar Mal nach dem Essen zum Kamin in einen der ausladenden Ledersessel eingeladen. Für Gespräche von Mann zu Mann. Fast väterlich seien die Ratschläge und Bedenken gewesen, die Emmas

Vater Sinclair ihm gab. Wenn er von seinen Plänen, die er mit Piet ausgeheckt hatte, zu einem zweiten Jacques Custeau zu werden, erzählte, sei Sinclair durchaus interessiert gewesen und habe seine visionären Ideen gewürdigt. Habe dann jedoch immer wieder auch gefragt, wie er sich das als Vater seines zukünftigen Enkels – er sei überzeugt gewesen, dass es ein Junge werden würde, obwohl Emma dies bei den Untersuchungen auf keinen Fall habe wissen wollen – vorstelle, wie das alles mit einer Familie zu vereinbaren sei. Emmas Mutter Alice habe wohl in dieser Zeit Emma bearbeitet, um sich zu versichern, dass das Kind ein richtiges Zuhause bekommen wird.

Er und Emma hätten wie so oft im Bett gelegen und Luftschlösser über die Zukunft geschmiedet.

Doch Emma habe ihm ihre festen Vorstellungen mit dem Kind, einem Haus auf dem Land eindringlich klargemacht. Und als er Alternativen habe vorschlagen wollen, etwa mit dem Baby nach Island zu ziehen und dort die Chance vom Wiederaufbau wahrzunehmen und eine Tauchbasis zu gründen, ihr die Ideen von Piet erzählte, sei sie total ausgerastet. Sie habe ihm wutentbrannt erklärt, dass sie die Chance auf ein würdiges Leben für sich und das Baby sicher nicht mit einem Vagabundenleben tauschen würde. Sie habe im Gegensatz zu ihm und allen anderen der Tauchspinner, eine tolle Kindheit gehabt, komme aus gutem Haus mit geordneten Verhältnissen und stabilen Beziehungen. Sie brauche einen verlässlichen Mann und wenn er das nicht sein könne, dann gehe sie jetzt.

Zuerst sei er selbst sauer geworden. Schließlich kann man ja in Ruhe darüber reden und vielleicht einen Kompromiss finden. Doch Emma sei in dieser Nacht zum Schlafen ins Wohnzimmer aufs Sofa gezogen.

In den Tagen danach habe es wahre Familienkonferenzen bei Emmas Eltern gegeben. Alice habe versucht zu vermitteln und Sinclair an seine Vernunft appelliert. Mehr und mehr sei er sich vorgekommen wie auf einer Anklagebank und nicht wie der zukünftige Schwiegersohn. Damit habe er noch leben können, doch Emma sei so richtig zickig geworden und habe sich geweigert, weiter über das Thema zu reden. Sie sei zu den Eltern in ihr ehemaliges Kinderzimmer gezogen und habe ihm gesagt, er soll zu ihr zurückkommen, wenn er wieder bei Verstand sei. Solange könne er allein in dem Häuschen wohnen.

Sam fragte nach, ob er denn nicht probiert habe, Emma zu verstehen, statt mit seinen Ideen auch noch ihre vorgesehene Heirat zu torpedieren. Darauf reagierte Jace ungehalten und murmelte so etwas wie: auch du Brutus.

Sam hat sich bemüht ihm zu erklären, dass keine Tauchbasis, kein Heldentum oder Geld der Welt die Geborgenheit einer Liebe ersetzen könne – zumindest in seinen Augen.

Nach einer Pause erzählte Jace weiter, wie er dann doch mit hängenden Schultern bei ihr aufgetaucht und fast bereit gewesen sei – nun ja – seine Pläne ein wenig zurückzustellen. Doch gleichzeitig habe er selbst auch zu zweifeln begonnen. Emma habe sich so verändert, sei eine komplett andere Frau geworden. Die Leichtigkeit und Wärme, die er so an ihr geliebt habe, sei aus ihr verschwunden und er habe gemerkt wie auch seine Verliebtheit ihm langsam entglitt.

Sam lauschte dem Bericht von Jace mit zunehmendem Schrecken, bis der ihn fragte, ob er noch in der Leitung sei. Zuerst hat Sam nur genickt, bis er begriff, dass er zu Bestätigung etwas sagen musste. Stattdessen hat er sich nur geräuspert. Er hatte einfach keine Idee, was er Sinnvolles hätte sagen können.

Das Beste komme aber noch, erzählte Jace weiter. Das würde er nie glauben, aber es sei die Wahrheit. Natürlich kam Sam sofort "sein" Stein in den Sinn, aber er hat tunlichst geschwiegen. Was er dann erfuhr, hätte er sich nie träumen lassen.

Kurz nach ihrem Umzug ins Kinderzimmer habe Emma sich so in Rage geredet, dass sie begonnen habe, Jace auf die Brust zu boxen, und dann habe sie es Jace an den Kopf geworfen: Wie blöd und naiv sie eigentlich alle seien. Dass sie, als sein Cousin John – der ihnen beim Verkauf der Steine half – von Arik und seinem Syndikat entführt wurde und Chuck die Einzigen gewesen seien, die einen klaren Kopf behalten hätten. Ohne sie beide wäre John, den er schließlich benutzt habe, um herauszufinden, ob sie Diamanten gefunden hätten und wie man sie zu Geld machen könnte, wohl wegen ihm umgekommen, und zu Geld wären sie dann auch nie gekommen!

Er, Jace, sei dann seinerseits ausgerastet und habe seine Emma an den Handgelenken gepackt und sie angebrüllt, was das heißen solle. Dann habe er Emma als unbekannten Menschen erlebt. Sie habe ihn angefaucht, er solle sie gefälligst loslassen. Er sei ein nichtsnutziger, blöder Bastard, der nur seine Abenteuer im Kopf habe. Schlimm genug, dass sie ein Kind von ihm bekomme. Dass er vollkommen unfähig sei, Verantwortung zu übernehmen, vorauszudenken und Dinge zu regeln. Sie danke Gott, dass sie es von ihrem Vater gelernt habe. Dann habe sie auf den Boden gespuckt und die ganze Wahrheit erzählt.

Dass sie mit Chuck nach der missglückten Übergabe der Steine in Zürich Kontakt zu Arik aufgenommen habe. Dass sie Arik von da an über alle ihre Pläne informiert und im Gegenzug Schutz für sich und ihre Familie bekommen habe, auch für ihn, Jace, und seine Familie. In der Folge habe Arik sie informiert, dass sie alle auf Schritt und Tritt von seinen Leuten beobachtet würden und dass Sam einen der beiden großen Steine unter seinem Buddha versteckt habe. Sie habe Jace gefragt, ob das alles denn so schwer zu verstehen sei. Nur durch ihre und Chucks Kooperation seien sie alle überhaupt noch am Leben, und wenn die Bergung der kleineren Steine aus dem See nicht komplett schiefgelaufen wäre, sei jetzt alles in Ordnung.

Sam hörte sich die ganze Erzählung wortlos und mit wachsendem Entsetzen an. Bis ihn Jace nach der Sache mit dem Buddha fragte. Sam war genauso ehrlich zu Jace, wie er es zuvor zu Marie gewesen war. Jace hat ihm sogar geglaubt, dass er nie beabsichtigt habe, den Stein zu behalten, und nur der wagen Befürchtung gefolgt sei, dass sie mit der Tasche im See alle Eier in einen Korb gelegt hatten und er so eine Art Versicherung beabsichtigt hatte, falls jemals etwas damit schieflaufen würde.

Danach besprachen sie noch, wie es weitergehen könnte. Jace erzählte, dass er mit Piet nach Island wolle, um dort etwas aufzubauen, und hat ihn sogar eingeladen, sich ihnen anzuschließen, was Sam nicht von vornherein ablehnte. Jace' Pläne, Cousteaus Visionen in die Tat umzusetzen, reizten ihn.

Wenn Emma das Kind zur Welt gebracht habe, hoffte Jace, würde sie vielleicht auch wieder zugänglicher werden. Er habe sie nicht vollständig aufgegeben, auch wenn die Sache mit Arik ein starkes Stück für ihn sei, dass er erst einmal verdauen müsse.

Sam bat Jace, ihm etwas Zeit für eine Entscheidung zu geben. Er versprach, über den Vorschlag nachzudenken und sich wieder bei ihm zu melden. Was Jace auch gut verstehen konnte.

Dann versuchte Jace noch, etwas mit ihm über die Frauen im Generellen und über Emma zu lästern. Sam hat halbherzig mitgemacht. Mehr um Jace freundschaftlich zu stimmen und den Zusammenhalt zu stärken. Dann legten sie auf und versicherten einander, bald wieder über eine gemeinsame Zukunft zu sprechen.

Das war von einer Stunde. Seither liegt Sam halb auf dem Korbstuhl und hofft, sein Gehirn würde ihm eine Lösung anbieten. Etwas, woran er sich festhalten kann, das Geschehene einordnen, ablegen, um einen Plan für die weitere Zukunft zu schmieden. Darin ist er immer gut gewesen. Wie ein Fuchs hat er sich in seinem Leben immer einen Ausgang B bereitgehalten, lange bevor einer nötig war, aber jetzt ist er ratlos. Dass er in der letzten Stunde zweimal über die feuchten Planken in die Küche getappt ist, um sein Glas aufzufüllen, hat nicht gerade klare Gedanken gefördert. Dafür die Fähigkeit querzudenken, weniger objektive Einwände für die aufkeimende Idee für eine Rettung aus dem Chaos und der Angst vor Einsamkeit.

Vier

Nur fünf Tage später sitzt er auf einem bequemen Schalenstuhl in einer englischen Privatklinik. Schnell hat er ausfindig machen können, wo Bruna nach der Notlandung mit ihrem Jet vor den Färöer Inseln zur Rehabilitation untergebracht war.

Bruna, die hochintelligente, junge Brasilianerin, die sich unsterblich in ihn verliebt hatte und ihn heiraten wollte, als er vor Jahren in Brasilien als Manager gearbeitet hatte. Er hatte sie sitzen lassen, weil er nicht den Mut aufbrachte, sich auf eine zwanzig Jahre jüngere Frau einzulassen. Bruna stammte aus einer wohlhabenden Familie. Sie war nicht auf seinen Pass scharf gewesen und brauchte seine Großzügigkeit nicht. Das war wohl eher der Grund dafür, dass er ihr einen besseren, jüngeren Mann gewünscht hatte. Mit dem war sie dann auch völlig unerwartet auf Island aufgetaucht und hatte Sam für eine Privattour in der Silfra-Spalte gebucht. Erst war ihm das Wiedersehen etwas peinlich gewesen. Umso mehr, weil Bruna auch vor ihrem Verlobten kaum verbarg, dass immer noch eine knisternde Spannung zwischen ihnen beiden bestand. Kurz hatte Sam sogar bedauert, dass er sich damals nicht auf sie und eine gemeinsame Zukunft eingelassen hatte, obwohl er doch frisch in Marie verliebt war. Bruna hatte ihn sofort wieder fasziniert mit ihrer Klugheit, die so gar nicht ihre Sanftheit und Erdung beeinträchtigte. Ihre geschmeidige Art sich zu bewegen, ihr Lachen und die schelmischen Blicke hatten ihn irritiert.

Das war kurz bevor auf der Insel die Natur ihnen allen zeigte, wie zerbrechlich das Leben sein kann. Er hatte auf dem Flughafen versucht, ihren Privatjet zu erreichen, doch er sah nur noch, wie das Flugzeug in den Aschewolken verschwand. Die Asche war verheerend für die Triebwerke und eigentlich war es ein Wunder, dass sie mit dem Flieger bis an die Küste der Färöer Inseln kamen und dort eine Bruchlandung hinlegten.

Nun hockt er hier und wartet, bis sie aus der Physiotherapie kommt. Vor zwei Tagen hat er mit ihr am Telefon sprechen können. Sie hat sich sehr gefreut, von ihm zu hören. Es ging ihr ein wenig wie ihm selbst. Ihr Leben lag in Trümmern.

Pedro und der Pilot waren bei der Bruchlandung, wie sie selbst, schwer verletzt worden. Doch sie hatte überlebt, während ihr Verlobter und der Pilot das Bewusstsein nie wiedererlangten. Ihr Becken war mehrfach gebrochen, ebenso wie ein

Lendenwirbel und einige Rippen. Am schlimmsten waren die Trümmerbrüche ihn ihrem Gesicht und eine schwere Gehirnerschütterung. Mehrere Notoperationen waren nötig gewesen, um ihr Leben zu retten. Dass sie nun auf dem Weg ist, wieder Gehen zu lernen, grenzt an ein Wunder.

Heute Morgen hat er sie mit einem dünnen Blumenstrauß in den Händen besuchen dürfen. Sie wusste, dass er kommen würde, und hatte sich am Telefon sehr darauf gefreut, trotzdem hat sie sich bemüht ihr Gesicht hinter dem Leinentuch zu verbergen, als er ins Zimmer trat. Er setzte sich vorsichtig auf den Stuhl neben sie und erklärte mit leiser Stimme, dass die leitende Ärztin ihm zudem erzählt habe, dass ihr Gesicht entstellt sei und wohl auch mit einigen Schönheitsoperationen nie mehr ganz normal aussehen werde, auch dass sie wohl den Rest ihres Lebens einen Stock benötigen werde und nur hinkend werde gehen können. Dann zog er langsam das Leinentuch von ihrem Gesicht und küsste sanft ihre geschlossenen, flatternden Lider und die blauen Stellen in ihrem Gesicht. Bruna hat sich darauf an ihn geklammert wie ein kleines Kind und leise fast eine Stunde lang geweint. Auch er hat geweint und von Maries Tod erzählt. Das Erzählen des Erlebten ließ sie zwar noch einmal das Grauen erleben, doch es schien, dass mit jedem Erzählen auch ein Stückchen Heilung kam. Die Seelen schienen nur so heilen zu können.

Sam erzählte, dass er es nicht über sich gebracht habe, zu Maries Beerdigung zu reisen, weil es dann so unnachgiebig endgültig gewesen wäre, sie unter einem Stein liegend, unter der Erde, zu wissen. Er weiß, dass Marie tot ist und nie zurückkehrt, doch die Gefühle halten sich nicht an die Vernunft. Als sie tot auf dem Gehweg lag, war sie noch unter Menschen, war ihm nahe, noch unter den Lebenden. Er wusste tief in sich, wenn er sehen würde, wie der Sarg in den Boden gesenkt wird, wie ihr schöner Körper vergraben wird, um dann von der Natur Stück für Stück zerlegt zu werden, hätte er sie nochmals vor seinen Augen sterben sehen.

Danach hat Bruna ihn vorsichtig in die Arme genommen. Kann Leid zwei Menschen auch wieder zusammenbringen? Sie haben beide den Menschen verloren, den sie lieben, mit dem sie ihr Leben verbringen wollten. Doch kann so eine Verbindung jemals gut gehen oder wären sie tief in ihren Gefühlen für immer mit den Partnern zusammen, nach denen sie sich sehnten, und das Gegenüber wäre nur eine Projektionsfläche dafür, sozusagen ein lebenslanger Betrug.

Bruna wurde für eine Therapie abgeholt und er versprach, auf sie zu warten. Nun kommt sie mit langsamen, vorsichtigen Schritten aus dem Therapiezimmer. Sie geht alleine, schwankend. Die Therapeutin läuft hinter ihr, jederzeit bereit, einen Sturz aufzufangen. Bruna lächelt ihn stolz an. An ihren zitternden Armen sieht Sam, welche Kraft es sie kostet, die paar Schritte zu gehen. Und er bemerkt auch, dass sie ihre Lippen rot geschminkt hat, sie auch ein Rouge aufgetragen und ihre dunklen Augen unterstrichen hat.

Gerührt spürt Sam Gänsehaut auf seinen Armen. Nicht nur, dass Bruna den Mut hat, sich wieder ins Leben zurück zu kämpfen. Sie will ihm auch gefallen. Er ist sich bewusst, dass er vielleicht nie ihr Mann werden kann, dass er und sie noch lange trauern werden. Aber er wünscht es sich aus tiefstem Herzen. Er wünscht sich nur einen Menschen, eine Frau, zu der er nach Hause kommen kann.

Zurück im Zimmer fragt er Bruna, ob sie ihm von dem Unfall erzählen möchte. Bruna verzieht zuerst das Gesicht, entspannt ihre Züge aber sofort wieder, da ihre Narben immer noch schmerzen, wenn sich Gefühle in ihrem Gesicht zeigen. Die Erinnerung an den Unfall wird sie vielleicht ihr ganzes restliches Leben begleiten. Egal ob sie lacht oder sich ärgert – der Schmerz ist sofort da, wenn sie ihre Gesichtsmuskeln nur ein wenig anspannt.

Stockend beginnt sie zu erzählen:

«Wir wurden vom Piloten im Hotel angerufen. Er informierte uns über die Lage oder zumindest, was spekuliert wurde. Dann schlug er vor, zur Sicherheit sofort aufzubrechen. Auch wenn er seinen Kollegen nicht aufstöbern konnte. Er würde alleine fliegen.

Sam schaut sie dabei aufmerksam an. Er kann nicht erkennen, ob es ihr guttut, darüber zu sprechen, oder ob damit nur die noch nicht verheilten Wunden neu aufbrechen. Doch Bruna fährt fort:

«Wir waren gerade mit dem Packen fertig, als die Hölle losbrach. Das Hilton liegt zum Glück auch auf dem Hügel in der Nähe der Kathedrale und wir sahen aus dem Fenster des Zimmers, als diese riesige Welle auf Reykjavik losdonnerte. Es war kaum zu fassen. Wir standen wie gebannt vor dem Fenster und sahen zu, wie ganze Straßenzüge unten an der Bucht einfach weggerissen wurden. Das machte einen solch infernalischen Krach, dass wir uns anschreien mussten, um uns zu verstehen. Die Gischt schlug an unser Fenster und Pedro nahm meine Hand. Wir müssen weg hier, sofort, hat er geschrien und wir haben alles Gepäck stehen lassen und sind die Treppe heruntergerannt. Das Treppenhaus war durch die Notbeleuchtung nur ganz schummrig ausgeleuchtet, der Strom war ausgefallen, als die Welle das Ufer erreicht hatte. Noch im Treppenhaus konnte man das Krachen und Donnern der Wassermassen und berstenden Häuser hören. Da dachte ich zum ersten Mal, ich würde sterben, und die Angst legte sich wie ein schwerer Umhang über mich. Meine Beine wurden schwer und ich bewegte mich wie eine alte Frau. Ich musste mich am Geländer festhalten, um nicht zu stolpern!

In unserem gemieteten Range Rover ist Pedro mit mir zum Flugplatz gerast. Zum Glück war die Straße den restlichen Hügel hoch fast unversehrt und fast mühelos sind wir dann hinten runter zum Flugplatz. Der Pilot hatte die Maschine startklar gemacht und war auf den Vorplatz gerollt. Er stand neben der Treppe und drückte hektisch auf seinem Handy herum, als wir ankamen. Wahrscheinlich hat er immer noch nach dem Co-Piloten gesucht. Ich bin mir nicht sicher, ob er noch lange auf uns gewartet hätte. Als wir einstiegen, sah ich auch warum – hinter uns stieg eine riesige schwarze Wolke in den Himmel. Ich glaube, ich fing an zu schreien und rannte die Treppe hoch in den Jet.

Beim Anschnallen musste Pedro mir helfen, so sehr haben meine Hände gezittert.»

Sam nickt und streichelt ihre Hand. «Hast du das alles schon einmal jemandem erzählt?», fragt er vorsichtig. Bruna schüttelt gedankenverloren leicht den Kopf. Sam weiß sehr genau, wie sich das anfühlt, wie man die schlimmen Momente nochmals durchlebt, als würden sie jetzt gerade stattfinden.

«Es wird dir guttun, die Heilung deiner Seele unterstützen, wenn du es erzählen kannst. Kannst du noch oder brauchst du eine Pause?», fragt er Bruna sanft.

«Ich lasse dir einen Tee kommen, wenn du magst», fügt er hinzu, als sie nicht antwortet.

Dann blickt sie ihn unvermittelt an und wispert lächelnd: «Lieber einen Caipi, aber so was gibt er hier nicht.»

«Ich bringe uns einen mit, wenn ich wieder-komme», erwidert Sam auf ihre brasilianischen Vorlieben.

Zustimmend wiegt Bruna den Kopf und ihr Blick wird wieder leer.

«Danach ging alles schnell. Der Pilot startete die Triebwerke und wir rollten fast unmittelbar danach los. Ich glaube, er hat keine Checks gemacht. Sein Gesicht war gerötet und Schweißtropen liefen ihm von der Stirn, die er hektisch wegwischte, bevor er im Cockpit verschwand. Dann hoben wir ab und der Pilot zog die Maschine steil nach oben, als würde er der Welt da unten entrinnen wollen.»

«Genau, ihr seit direkt in die Aschewolken geflogen, ich habe den Jet gesehen und bin noch auf dem Rollfeld dem Jet hinterhergerannt, bevor ihr gestartet seit», erklärt Sam.

«Du warst da?», fragt Bruna ungläubig und Sam bedeutet ihr, dass er später von sich erzählen wird.

«Wir sind durch die Aschewolke geflogen und die Sonne schien durch das Fenster auf meinen Arm. Alles war normal, auch wenn die Maschine ungewöhnlich vibrierte, fühlte ich mich in Sicherheit. Wir flogen vielleicht vierzig Minuten und hatten uns längst abgeschnallt, als die Maschine zu schwanken und heftig zu vibrieren begann. Pedro ist nach vorne ins Cockpit. Als er zurückkam, war er leichenblass. Die Maschine verlor an Leistung. Die Triebwerke seien durch die Asche beschädigt worden und wir würden es nicht nach London schaffen wo wir hinwollten, da wir keinen Co-Piloten für einen Transatlantikflug hatten. Wir würden es mit Glück auf die nahen Inseln schaffen.

Die Färöer. Dahin sollten wir es auch ohne genügend Triebwerkleistung, im Sinkflug in etwa fünfzehn Minuten schaffen.

Ich war wie gelähmt, konnte mich kaum bewegen. Dachte an Mutter und Vater, wollte schreien, doch ich brachte keinen Ton heraus. Nach vielleicht zehn Minuten, die mir in dem heftig schwankenden Flugzeug wie Stunden vorkamen, instruierte uns der Pilot für eine Notlandung. Pedro bat mich, mit mir den Sitz zu tauschen. Er wollte ans Fenster. Das hat mir das Leben gerettet und ihm seines genommen. Als wir hart aufsetzten, sah ich aus dem Fenster Wasser aufspritzen. Ich dachte, wir würden auf der Piste landen, doch wir schienen es nicht geschafft zu haben und mussten auf dem Meer notlanden. In Sekundenabständen prallten wir hart auf, wohl bei jedem Aufsetzen auf die Wellen. Dann folgte ein lauter Knall. Ich verlor das Bewusstsein», erzählte Bruna und keuchte. Die Erinnerung ließ ihren Körper zittern.

Sachte streichelnd legt Sam ihr die Hand auf die schlotternden Beine.

«Ich bin in der Klinik aufgewacht, hatte unglaubliche Schmerzen, doch mir war sofort klar: Ich lebe noch», stößt sie hervor.

«Dann habe ich erfahren, dass sich die Maschine überschlagen hatte und Pedro...», Bruna schluckt mehrmals, um ihre Stimme wiederzufinden.

«Pedro wurde so heftig gegen die Bordwand geschlagen, dass sein Genick gebrochen ist. Sein Körper hat meinen Aufprall gedämpft. Der Pilot war noch am Leben, hat man mir erzählt, doch seine inneren Verletzungen waren zu schwer.

Der Jet ist nicht gesunken, es blieb offenbar genug Zeit für die Schnellboote der Küstenwache, um uns zu bergen. Wir lagen keinen Kilometer von der Piste entfernt im Wasser. Und nun bin ich hier – mit einem geschundenen Körper, ohne meinen Liebsten...», endet sie und schaut Sam mit tränennassen Augen an.

Sam sagt nichts, streichelt zart über ihr Gesicht.

Bruna ist müde. Er hilft ihr ins Bett und wacht neben ihr. Als sie nach fast zwei Stunden wieder aufwacht, ist es draußen praktisch dunkel. Bruna hält seine Hand fest, bittet ihn so noch ein wenig zu bleiben, als er sich verabschieden will. So bleibt er stumm neben ihrem Bett sitzen und Bruna schläft sofort wieder ein.

Später als sie wieder aufgewacht ist, erzählt er ihr, dass er eine Wohnung nahe an der Klinik im

Internet ausgemacht habe. Eine barrierefreie Wohnung, in der sie sicher mit Krücken gehen könne und auch mit dem Rollstuhl fahren, wenn sie müde ist. Dass er sie gerne dort pflegen wolle, bis sie zurück nach Brasilien könnte. Sie nickt müde und lächelt. Zart küsst Sam ihre gesunde Wange und verabschiedet sich. Sie verabreden sich für den nächsten Morgen.

Vor ihm sitzt Bruna im Rollstuhl in dem hübschen Café in der Klinik und lächelt ihn an. Frisch und ausgeschlafen wirkt sie. Ganz im Gegensatz zu ihm. Er konnte kaum Schlaf finden. Die Erzählung von Bruna hat auch ihm die Bilder wieder ins Bewusstsein gebracht und ihn wachgehalten.

Noch immer hat sie eine gewisse Scheu, ihn direkt anzusehen, und neigt ihren Kopf so, dass er die verletzte Seite nicht sehen kann. Obwohl die Verletzung gut verheilt ist, hat ihr Gesicht die Symmetrie verloren. Die rechte Wange ist hochgezogen und ihr Auge liegt tiefer und schräg in der Augenhöhle. Ihr Oberkiefer und der Wangenknochen, wie auch ihr Schädel waren mehrfach gebrochen und nicht mehr gerade zusammengewachsen, auch wenn die Chirurgen ihr Bestes gegeben haben. Sam stört sich nicht daran. Sein Herz sieht aus wie ihr Gesicht. Man sieht es zwar nicht, aber man kann es spüren, wenn man mit ihm zusammen ist, da ist er sich sicher.

Bruna erzählt von der Physiotherapie, die sie hinter sich habe, und dass sie weiter Fortschritte mache. Dann erinnert sie sich an das Angebot von Sam, für sie eine Wohnung zu finden und sie zu pflegen.

«Weißt Du, ich habe genügend Pfleger um mich herum und wohl auch durch Pedros Familie genug Geld, um mir die Hilfe für den Rest meines Lebens leisten zu können», sagt sie leise und blickt aus dem Fenster in den Park. Dann wendet sie sich Sam zu, schaut ihm tief in die Augen und fragt:

«Warum genau bist du hier?»

Sam räuspert sich, seufzt und holt Luft, doch Bruna hebt die Hand und unterbricht ihn, bevor er ein Wort sagen kann.

«Wir wurden beide durch diese Naturkatastrophe aus der Bahn geworfen, haben extreme Ängste durchlebt, unsere Liebsten verloren und – in meinem Fall – auch den jugendlichen Körper und die Schönheit...» Bruna macht eine Pause und Sam wartet. Was will sie ihm erklären? Will sie ihn wegschicken? Seine Muskeln straffen sich und er wagt kein Wort von sich zu geben.

«Auch mein Herz hat Wunden erhalten und ich weiß noch nicht einmal, ob es je wieder heilen wird. Deine Nähe tut mir gut, Sam, doch ich habe auch Angst. Du hast mich damals so sehr verletzt und ich war so wütend auf dich. Das möchte ich nicht noch einmal durchleben müssen.»

Ihre Blicke treffen sich. Sie blickt ihn ruhig und gespannt an.

Er räuspert sich, zwingt sich zu sprechen, doch kaum mehr als ein kratzender Laut kommt ihm über die Lippen. Ihm wird bewusst, dass er nur eine Chance hat. Er muss ehrlich sein, andernfalls wird er auch Bruna verlieren. Nicht als Frau, dar-über nachzudenken war es sowieso zu früh, son-dern als Freund an seiner Seite.

«Ich werde ganz ehrlich zu dir sein Bruna...», beginnt er und sieht in ihren Augen, dass er damit auf dem richtigen Weg ist. Er nimmt sich vor, nichts zu sagen, wovon er denkt, dass es bei ihr gut ankommt, von dem er denkt, sie damit zu überzeugen.

«Ich weiß, dass ich dich sehr verletzt habe, Bru-na, und dass nur, weil ich zu feige war, mich auf dich einzulassen. Ich wollte es dir erklären, habe es sogar bereut, doch du hast nicht mehr auf meine Anrufe geantwortet, was ich auch verstand. Ja –

ich war ein Idiot und zugleich habe ich das Richtige getan. Du hast tatsächlich einen Mann gefunden in deinem Alter, den du lieben konntest...»

Bruna betrachtet ihn aufmerksam und rafft sich in einem Lächeln auf.

«Auch ich habe die Liebe gefunden, mit Marie. Hatte mich zum ersten Mal in meinem Leben getraut mich zu öffnen, mich verletzlich zu geben, und meinte die Frau an meiner Seite mit meinen Gefühlen und nicht mich selbst... doch sie ist nicht mehr da und ich fühle mich einsamer als je in meinem Leben»...

«Und nun denkst du, ich kann sie für dich ersetzen», blafft Bruna etwas ungehalten.

«Nein – natürlich nicht. Ich will ganz ehrlich sein zu dir. Bruna, ich weiß, dass du nicht einfach Maries Teil in meinem Leben übernehmen kannst. Sowenig wie ich Pedros in deinem. Ich brauche.... ich sehne mich nach Geborgenheit, nach einem Freund, mit dem ich alles teilen kann, für den ich sorgen kann. Und – dass ich Heilung finde und ich vielleicht auch dir beistehen kann auf deinem Weg», erklärt er Bruna mit fester Stimme.

«Klingt egoistisch – ich weiß», fügt er hinzu, als sie nicht antwortet.

«Ehrlich...», konstatiert Bruna, während er mit gesenktem Blick das Muster auf dem Teppich betrachtet.

Bruna streichelt seinen Arm. Als er aufblickt, sieht er, dass Bruna überlegt, was sie ihm antworten soll.

Er legt ihr den Finger auf die Lippen.

«Es braucht Zeit, Bruna – du hast alle Zeit der Welt. Bitte lass mich dich einfach begleiten auf deinem Weg. Vielleicht heilt es uns nur und vielleicht werden wir doch ein Paar oder bleiben gute Freunde. Ich weiß es nicht. Bitte lass mich an deiner Seite sein», spricht er leise, immer noch mit seinen Finger an ihren Lippen.

Sie umfasst seine Hand, küsst seinen Finger und nickt ihm mit strahlenden Augen zu.

Fünf

Zurück in seinem Apartment, fühlt sich Sam seit langem wieder entspannt und eine kleine Hoffnung, Zuversicht beginnt in ihm zu wachsen. Spontan kommen ihm die Schneeglöckchen im Garten vor dem Haus seiner Eltern in den Sinn. Wie seine Mutter ihm erklärt hat, dass der Frühling nun nicht mehr weit sei und er bald wieder mit seinen Kumpels im Freibad zum Plantschen könne. Als kleiner Bub hat er das Schwimmen im Winter immer sehr vermisst. Zu seiner Zeit hatte das Städtchen, in dem er aufgewachsen ist, noch kein Hallenbad und so war es für Monate nicht möglich, in den Badehosen herumzurennen oder Fangen zu spielen. Die Schneeglöckchen signalisieren Sam seither, dass bald bessere Zeiten kommen werden, dass Spaß und Freude bevorstehen.

Aus dem bequemen Sessel am Fenster betrachtet er das herbstliche Nieseln durch das Fenster und wird sich bewusst, dass es noch eine Zeit dauern wird, bis die Schneeglöckchen wachsen. Dann beschließt er Barbu anzurufen.

Barbu hat ihm eine SMS geschrieben, als er Zuhause angekommen ist, Sam hat darauf geantwortet, doch sie haben seither nicht miteinander gesprochen. Er spürt sein schlechtes Gewissen, wird sich bewusst, wie wenig er sich immer um die Menschen gekümmert hat, die ihm Freundschaft anboten. Er jammert, sein halbes Leben einsam zu sein, und ist daran selbst schuld.

Wenigstens hat er seine neue Nummer und kann ihn jetzt anrufen.

Bevor er die Nummer antippt, taucht Chuck in seinen Gedanken auf. Zum ersten Mal seit er Marie verloren hat, denkt er an ihn. War auch er ein Freund gewesen? Hat nicht er seinen Tod verursacht? Durch seinen Entscheid, der ihm gar nicht zustand, alle von den Steinen und die durch sie ausgelösten Schwierigkeiten zu befreien.

Sam legt sich das Handy auf den Schoß und schließt die Augen.

Ian taucht lachend auf. Sein wild entschlossener Blick als er zurück zur Silfra rannte und er ihn zum letzten Mal sah. Wie gerne hätte er sich von dem Hünen zuzwinkern lassen, sich die Luft aus den Lungen drücken lassen, wenn er ihn wieder freundschaftlich umarmen könnte.

Auf dem Felsen sieht er Mickey, der in Verzweiflung darum kämpfte, seine Liebste, Julia, zu retten. Die beiden waren immer gut gelaunt gewesen. Nicht dass er oft mit ihnen etwas unternommen hätte, ihnen nahe gewesen wäre, doch wie schön war es, mit ihnen zusammen zu sein. Ihren Späßen zuzuhören, über ihre zynischen Kommentare über die Touristen zu lachen.

Simi taucht in den Bildern auf. Wie er ihn am ersten Tag spontan freundschaftlich umarmt und ihn willkommen in der Familie geheißen hat. Ihm V18 gezeigt hat, während die anderen ihn, den alten Mann, eher kritisch beäugten.

Ilias, der ihm vertrauensvoll seine Geschichte erzählte und den er dann mausetot in der Kathedrale wiederfand.

Er hatte Freunde... und hat immer noch Freunde, die am Leben sind! Piet und Jace, Emma und Barbu. Alles Menschen, die ihn mögen, respektieren und anerkennen. Nicht wegen des Status eines Jobs. Nicht dafür, was er tut oder hat, sondern dafür, wer er ist. Doch – er selbst? Mag er sich selbst? Dafür, wer er ist, oder war es nicht sein ganzes Leben so, dass er sich höchstens mochte für das, was er tat? Nicht nur bei den anderen dadurch Anerkennung suchte, sondern vor allem gegenüber sich selbst?

Jetzt, wo er wohlhabend ist, muss er nichts mehr tun. Zumindest nichts, um Geld zu verdienen. Waren dann aber nicht alle Überlegungen, was er mit dem Geld anstellen könnte, davon geprägt, ob er sich dadurch Anerkennung verschaffen konnte, dafür gemocht wurde? Hat er nicht insgeheim gehofft, dadurch Freunde zu finden, und dabei diejenigen übersehen, die ihn auch ohne tolle Projekte mögen?

Hat Chuck ihn gemocht und sich von ihm betrogen gefühlt, als er merkte, dass er die Steine endgültig auf dem Seegrund versenken wollte, oder ging es ihm dabei nicht einfach um den Reichtum, den er entschwinden sah?

Er hatte sich doch statt der kleinen die mittleren Steine in die Hosentaschen gepackt und den Großen hatte er auch nicht wie abgemacht in die Nylontasche gesteckt. Er wäre also auch ohne die anderen Steine sehr reich gewesen.

War es schlicht die Gier, die ihn so übermannt hat, dass er es darauf angelegt hat, ihn umzubringen auf dem Tauchgang? Ihn hat brüllen lassen wie ein wilder Stier und ihm den Atemregler aus dem Mund riss.

Oder hat er sich von ihm hintergangen gefühlt? Betrogen von einem Freund, der sich anmaßte zu entscheiden, was gut für alle sei.

Chuck hat sich entschieden, den Steinen in den Abgrund zu folgen und nicht ihm zu helfen. Doch wie wäre die Geschichte ausgegangen, wenn sie die Steine wie abgemacht in der Wand verankert hätten und gesund aufgetaucht wären.

Wäre vielleicht sogar Marie noch am Leben? Wäre sie dann vielleicht nicht schockiert und verwirrt nach Hause geflüchtet, sondern hätte die Beziehung zwischen ihnen geklärt. Sie hätte ihn vielleicht verlassen, doch sie wäre noch am Leben...

Ein Sog beginnt ihn in die Tiefe zu ziehen. Diese Gedanken darf er nicht denken. Sie können weder Chuck noch Marie wieder zum Leben erwecken. Doch sie lasten schwer auf ihm. Er verspürt Schuld und Reue.

Minutenlang sitzt Sam mit geschlossenen Augen regungslos im Stuhl, bis das Vibrieren seines Handys ihn aus den Gedanken holt. Eine SMS ist eingegangen.

Er öffnet sie. «Heute 20 % Rabatt auf alle Premium Pizzas von Domino», liest er verwundert auf dem Display. Offenbar ist der Schnellimbiss in Island wieder online.

Kopfschüttelnd löscht er die Mitteilung und tippt auf den Eintrag mit Barbus Nummer. Es dauert eine ganze Weile, bis er das Tuten hört. Irgendwo in Rumänien klingelt Barbus Handy.

«Hallo – Sam?», hört er leise Barbus Stimme, während er immer noch auf das Display starrt. Er hält sich das Handy ans Ohr und antwortet:

«Ja, hier ist Sam. Barbu, wie schön, dass ich dich erreiche! Wie geht es dir?»

Stille.

«Barbu, kannst du mich hören?». Sam richtet sich auf, prüft wie gut sein Signal ist und geht zum Fenster.

«Ja, ich höre dich klar und deutlich, ich bin nur überrascht, von dir zu hören...»

Wieder Stille.

«Ich weiß, ich hätte mich viel früher bei dir melden sollen, mein Freund...»

«Ha – ich habe mich gefragt, ob du noch lebst... hast du was von Arik und seinen Leuten gehört? Ich nicht – ich hoffe wir haben Ruhe von denen... wie geht es Marie?»

Hilflos zur Decke schauend schluckt Sam.

«Sam – bist du noch da?»

«Ja, Barbu... es ist so...Marie... sie ist... sie ist tot», würgt Sam hervor.

Dann sprudelt es regelrecht aus ihm heraus. Ohne Punkt und Komma erzählt er Barbu was vorgefallen ist.

Barbu hört aufmerksam zu, ohne viele Fragen zu stellen, doch so viele, dass Sam hört, dass er noch in der Leitung ist und er ihm zuhört.

Als Sam sich alles von der Seele geredet hat, ist fast eine halbe Stunde vergangen.

«Soll ich zu dir kommen oder willst du zu mir reisen?», fragt ihn Barbu.

Sam ist gerührt und merkt, dass er gar nicht nach ihm gefragt hat. Wie es ihm geht. Seiner Familie, nachdem er vom Tod seines Bruders berichten musste.

Sam erzählt von Bruna, als Erklärung, dass er auf sein Angebot nicht eingehen könne, und erkundigt sich, wie es ihm ergangen ist.

Mit knappen Worten erzählt Barbu, wie sie symbolisch Simi beerdigt haben, auf dem Friedhof in dem Dorf, wo sie aufgewachsen sind.

Dann erzählt er Sam, dass er von Jace gehört habe, dass Emma spurlos verschwunden sei. Dass er sich Sorgen mache, Arik und seine Leute könnten dahinter stecken.

Sam ist schockiert über diese Neuigkeit. Hört das wirklich nie mehr auf?

Es ist später Nachmittag, als sie auflegen.

Am Fenster stehend, mit dem warmen Handy in der Hand, überlegt Sam, was zu tun ist.

Sollte er zu Barbu reisen und mit ihm nach Emma suchen? Doch was ist mit Bruna? Konnte er sie einfach alleine lassen, würde sie es verstehen?

Er muss Arik aufgabeln. Die Sache ein für alle Mal aus der Welt schaffen, damit alle wieder in Frieden leben können. Das ist er Marie und Chuck schuldig, beschließt er.

Gleich morgen will er sich auf die Suche nach Arik aufmachen – und wenn er dafür um die halbe Welt reisen muss.

Sechs

«**H**ier sind Sie also, Sam. Wie Sie sehen, habe ich mich bereit erklärt, Sie zu treffen, doch nur um das im Vorhinein klarzustellen: Ihre Drohung... wie soll ich sagen? Sie bringt Sie und die Anderen in Gefahr. Und deshalb sind Sie doch hier, nicht? Um einer drohenden Gefahr durch uns zu entkommen.»

In seinem Büro in Manhattan sitzt Arik, lehnt sich in seinem üppigen Chefsessel zurück, putzt seine Goldrandbrille und spricht dabei, ohne Sam anzusehen.

In den Tagen zuvor, hat Sam sich vergeblich angestrengt, Arik ausfindig zu machen. Er ist nach Zürich gereist und hat dort mit einigen Diamantenhändlern und Juwelieren gesprochen. Niemand wollte den gedrungenen Mann mit den listigen Augen je gesehen haben oder jemandem mit dem Namen Arik kennen.

Selbstverständlich ist Arik sofort informiert worden, dass ein glatzköpfiger Schweizer nach ihm suchte. Er hat sofort an Sam gedacht, doch nicht vorgehabt, mit ihm zu sprechen. Wozu auch?

Die Pläne, wie das Syndikat mit dem Diamantenvorkommen auf Island verfahren will, sind geklärt. Diese Gruppe von lebensmüden Tauchern brauchten sie nicht mehr. Wie er gehört hat, gab es sowieso immer weniger von ihnen. Noch fünf, um genau zu sein. Das Wissen von John war zu aller Zufriedenheit gelöst worden.

Und doch – seine Leute haben darauf gedrängt, dass er eine Lösung finden müsse. Er war noch am Überlegen, wie er sicherstellen konnte, dass die fünf den Mund halten, da hatte er eine Bildmitteilung über den verschlüsselten Nachrichtendienst erhalten, welche das Syndikat verwendet.

Auf dem Bild war Sam auf seiner Terrasse zu sehen. Er hielt ein Plakat gegen den Himmel. Arik hat das Bild hoch gezoomt. Darauf standen in großen Lettern nur sieben Worte: CALL ME – OR I CALL THE POLICE!

Nicht dumm der Mann. Er ahnte, dass wir ihn immer noch überwachen, doch genau diese dreiste Art, ihm zu zeigen, dass er nicht auf den Kopf gefallen ist, und seine Entschlossenheit, macht ihn gefährlicher als den Rest der Truppe.

Gleich danach hat er ihm eine Nachricht auf sein Handy geschickt: Next Monday – 10 am, und die Adresse seines Büros in New York hinzugefügt. Worauf sich Sam in die nächste Maschine setzte.

Sam lässt sich nicht von dem opulenten Büro beeindrucken, setzt sich unaufgefordert Arik gegenüber und beginnt mit ruhiger Stimme zu sprechen:

«Sehen Sie, Arik. Ich bin hier, um eine Lösung zu finden. Um ganz ehrlich zu sein, mittlerweile wäre ich froh, wir hätten nie diese Steine entdeckt und mitgenommen. Sie haben uns Unzufriedenheit, Größenwahn und Streit gebracht. Der Reichtum hat uns mehr Ängste gebracht und Fesseln angelegt, als er uns befreit hätte. Er hat uns zu ständig Bedrohten gemacht, lässt uns um unsere Sicherheit bangen und – was noch fast schlimmer ist – um die unserer Familien, unserer Liebsten und unserer Freunde... Einige von uns sind dabei gestorben. Das muss aufhören.»

Arik schwingt in seinem Sessel vor und betrachtet Sam durch seine kleine Brille mit einem freundlichen Lächeln. Kein herablassendes Lächeln, sondern eher ein einfühlsames.

«Es tut mir sehr leid um Marie und um... wie hieß er? – genau: Chuck. Aufrichtig, glauben sie mir das. Mein Beileid. Ich weiß, es wird Sie nicht befriedigen, was ich ihnen zu sagen habe, mein Freund...» Er macht eine Kunstpause, doch Sam lässt sich nicht beirren.

«Willkommen im Club! Geht es nicht allen Wohlhabenden, allen Reichen auf diesem Planeten so? Auch wenn sie nicht wie Sie per Zufall Diamanten entdeckt haben. Die meisten jedoch haben auch ihren Reichtum nicht selbst erwirtschaftet. Die meisten haben ihn geerbt. Doch auch diejenigen, welche hart dafür gearbeitet haben, sind gezwungen, je nach der Höhe des Reichtums, Ähnliches zu erleben wie sie. Selbst wenn sie das Meiste verschenken – wie es ja in Mode gekommen ist – sind sie nie mehr ihres Lebens sicher und frei», fährt Arik mit ruhiger Stimme fort.

«Das mag sein, doch ich bin nicht hier, um mit ihnen zu philosophieren, Arik. Wie kriegen wir Sie und Ihr Syndikat vom Hals? Was sollen wir dafür tun?», erwidert Sam mit ebenso ruhiger Stimme.

Die Situation erinnert ihn an die geheimen Verhandlungen über geplante Firmenzusammenschlüsse, an denen er teilgenommen hat.

Arik drückt auf den Knopf auf seiner Gegen-sprech-Anlage. «Sue, bringen Sie mir bitte eine Tasse von diesem erlesenen Da-Hong Pao Tea und für meinen Gast...» er schaut Sam fragend an.

«Einen doppelten Espresso, Sue, ohne Milch und Zucker bitte...», erwidert der etwas lauter, damit sie ihn hören konnte. Die adrette Mittdrei-ßigerin im grauen Business Zweiteiler, deren Rock für amerikanische Verhältnisse grenzwertig kurz war, hat sich ihm als Sue – die Assistentin von Arik – vorgestellt, bevor sie ihn ins Büro geführt hatte.

Dieses Spiel kennt er, bei dem es erst einmal darum geht, ob man sich beeindrucken lässt. Sei es durch einen kurzen Rock, durch ein opulentes Büro mit Mahagoni getäfelten Wänden oder dadurch, dass das Gegenüber einen Tee bestellt, von dem das Kilo eine Million US-Dollar kostet. Man muss locker und souverän bleiben, wenn man eine Chance haben will, ernst genommen zu wer-den.

«Jetlag?», fragt ihn Arik, als er sich Sam wieder zuwendet.

«Gar nicht – ich will nur sehen, ob sie in ihrem Büro auch eine anständige Kaffeemaschine ha-ben», erwidert Sam und weiß, dass sich das Gespräch um Small Talk drehen wird, bis Sue serviert hat und wieder aus dem Büro gestöckelt ist.

«Sie werden zufrieden sein – wir haben sogar eine Federer – ein Kunstwerk Schweizer Ingenieure», bemerkt Arik und scheint sich zu amüsieren, einem ebenbürtigen Gesprächspartner gegenüberzusitzen.

Eine Federer, denkt Sam bei sich. So nennen die Amerikaner die teuren Jura-Vollautomaten, seit der Tennisstar für sie wirbt. Die Maschinen sind auch etwas vom Besten, was es gibt. Neben einem vorzüglichen Espresso brauen sie auf Knopfdruck fast alles, was man mit Kaffeebohnen an Getränken herstellen kann.

Es scheint sich für Roger gelohnt zu haben. Wer hat denn eine Kaffeemaschine, die nach ihm benannt wird? Nicht zu vergessen die Millionen, die ihm diese Kampagne sicher eingebracht hat. Ob er sich auch seines Lebens nicht mehr sicher fühlt, sich um seine Familie sorgen muss? Vielleicht hat er eine Lösung gefunden. So wie einige der brasilianischen Fußball-Millionäre, die riesige Summen in Projekte in den Favelas investierten und dadurch prompt von den Armen verehrt werden. Statt befürchten zu müssen, dass eines der Kinder entführt wird, um Geld zu erpressen, konnten sie fast damit rechnen, beschützt zu werden. Da war es eher lebensgefährlich, in einem Entscheidungs-spiel ein Eigentor zu schießen, denn man konnte nach der Heimkehr dafür massakriert werden.

Kurz denkt Sam darüber nach, ob er nicht ge-rade im Begriff ist, genau das zu tun – ein Eigentor zu schießen mit seinem erzwungenen Besuch bei Arik, doch da kommt Sue mit dem Tablett in den Raum und unterbricht seine Gedanken. Für einen Rückzug ist es sowieso zu spät. Er muss bei seinem Befreiungsschlag dem Ball genügend Drall geben, damit er sicher über das Netz fliegt.

«Sündhaft teuer, aber auch ebenso sündhaft gut. Eine Sinfonie von Geschmack», sinniert Arik, als er seine Porzellantasse wieder auf die Untertas-se stellt.

«Was schlagen Sie vor, Arik?», fragt Sam mit ei-nem Lächeln.

«Wie? Ob ich einen günstigeren Tee auftreiben sollte?», fragt Arik mit ernstem Gesicht.

«Kommen Sie, Sam, das war ein Scherz», fügt er hinzu, als er Sams Miene sieht.

Sam hebt als Antwort die Augenbrauen und macht eine einladende Geste mit der Hand in Richtung Arik. Sein Aufschlag.

«Sehen Sie, die Sache ist nicht einfach. Ich habe mir darüber den Kopf zerbrochen. Selbst wenn Sie mir das ganze Geld oder was davon übrig ist zurückgeben. Mir sogar den Stein, den sie damals unter der Buddha-Statue versteckt haben, aushändigen würden – ich weiß, dass auch Sie keine Ahnung haben, wo er sich befindet. Doch selbst dann haben Sie und noch fünf andere Kenntnis von dem Vorkommen auf Island», erklärt Arik nun mit ernster Stimme und zieht eine Grimasse, die sein Dilemma unterstreichen soll.

«Das weiß ich auch, doch es ist kein Vorschlag, was wir tun können, um ein für alle Mal von Ihnen und ihrem Syndikat in Ruhe gelassen zu werden», erwidert Sam ungerührt.

«Haben Sie einen?», fragt Arik prompt.

Da ist es also, dass bekannte Spiel. Derjenige der zuerst einen Preis nennt, setzt die Höhe der Latte fest. Ob zu hoch oder zu niedrig ist dabei ganz egal. Das wird der Ausgangspunkt für das Feilschen, das kommt.

«Ich bringe alle um und werde ihr Partner», erwidert Sam mit ernster Stimme und sieht Ariks Gesichtszüge entgleiten.

Nun ist es an ihm, sich auf die Schenkel zu klopfen und zu lachen.

«Das war ein Witz meinerseits. Ich hätte auch nicht vor, dann als ihr Partner einen bedauerlichen Autounfall zu erleiden», doppelt er nach.

Arik wiegt den Kopf. Seine Annahmen werden bestätigt. Dieser Mann vor ihm scheint schlauer zu sein als die anderen. Er lässt sich auch nicht beeindrucken und einwickeln wie Emma. Er muss eine Lösung finden, seine Partner haben wohl richtig gelegen.

«Schauen Sie mein Freund. Ich will das Geld nicht zurück. Es würde nichts lösen. Ich erwarte nichts anderes von Ihnen, als dass Sie sicherstellen, dass niemand von Ihnen je auf die Idee kommt, von den Diamanten auf Island irgendeiner Menschenseele zu erzählen. Weder jemandem, der nackt neben ihm oder ihr im Bett liegt, noch nach ein paar Whiskys in einer Bar bei seinen Freunden prahlt oder es unter dem Weihnachtsbaum seiner Mutter beichtet.

Damit ich mir sicher sein kann, dass alle verstanden haben und sich daranhalten, werden sie nicht umhinkommen, dass wir sie noch eine kleine

Weile begleiten. Eine andere Lösung sehe ich nicht...», erläutert Arik mit fester Stimme.

Prüfend schaut ihn Sam an. Ist das sein Ernst oder nur eine Taktik, um ihm einen anderen Vorschlag zu unterbreiten. Sowas wie, dass sie alle zusammen an den Nordpol ziehen, um dort eine Kommune zu eröffnen, um nie mehr andere Menschen zu Gesicht zu bekommen?

«Und – Sam mein Freund – falls sie den großen Stein vor uns aufspüren, erwarte ich, dass sie ihn mir zurückbringen. Schließlich habe ich dafür bezahlt», fügt Arik hinzu, als er sieht, dass Sam abwägt, ob er seinen Vorschlag ernst nehmen soll.

«Einverstanden. Sie bekommen den Stein, falls ich oder einer von uns das Ding auftreiben. Das unterschreibe ich ihnen mit Blut. Wir können froh sein, wenn wir ihn los sind. Übrigens kann ich ihnen auch gerne die Stelle zeigen, wo die restlichen Steine liegen. Sie sind zwar zweihundert Meter tief auf dem Seegrund, doch für Ihre Leute wird das kein Problem sein», schlägt Sam vor.

Arik winkt ab. «Wir wissen längst wo die Steine geblieben sind. Sie interessieren mich nicht, solange sie dort liegen bleiben. Und gut, dass Sie sich einverstanden erklären, den Großen zu überbringen. Das ist wichtig – hören Sie? Wichtig für euer aller Gesundheit, um mich klar auszudrücken. Doch was ist mit der Garantie von euch allen, Stillschweigen zu wahren?», fragt Arik eindringlich.

Nun liegt der Preis also auf dem Tisch. Es geht ihm um den Stein. Den größten Diamanten der jemals entdeckt wurde. Das Stillschweigen war wohl eher zweitrangig. Würde ihnen jemand diese Geschichte abkaufen? Freunde und Familienangehörige würden wohl eher betroffen lächeln und sich Sorgen über den Geisteszustand machen. Journalisten oder die Polizei würden ihnen nicht einmal zuhören. Zumal sich die Experten alle einig sind, dass es auf Island rein von den geologischen Gegebenheiten her keine Diamantenvorkommen gibt. Die Isländer haben in den letzten Jahrzehnten nach Bodenschätzen gesucht, doch außer heißem Wasser nichts entdecken können.

«Nur wir fünf und John werden überwacht. Die Familien werden ab sofort in Ruhe gelassen und es gibt keine Bedrohungen mehr», fordert Sam überzeugt, dass die Überwachung durch das Syndikat in dem Moment aufhören wird, wenn der große Diamant in Ariks Safe liegt. Nun weiß er, wie er den ganzen Schlamassel für alle beenden kann. Er muss herausfinden, wer von ihnen den Stein hat.

«Deal», erwidert Arik nüchtern, erhebt sich und geht um seinen wuchtigen Schreibtisch herum. Er streckt Sam die Hand entgegen.

«Deal», antwortet Sam und schüttelt ihm die Hand.

Arik legt ihm die Hand auf die Schulter und führt ihn zum Fenster.

«Wohlhabend zu sein hat auch Vorteile. Betrachten Sie diese Aussicht, mein Freund. Ist es nicht wunderbar, über einer solchen Stadt zu thronen?»

Versonnen schaut Arik aus dem Fenster. Damit hat er Recht, ob es einem gefällt oder nicht. Wohlhabend zu sein hat Vorteile. Man muss es nur zu seinem Vorteil nutzen, denkt Sam.

«Ich habe Karten für morgen Abend in der Metropolitan Opera. Madame Butterfly – die Premiere soll wundervoll gewesen sein. Haben Sie Lust, mich und meine Frau als unser Gast zu begleiten?

Ich lasse Sie, sagen wir, um sieben, dort wo Sie abgestiegen sind, abholen. Im Hyatt richtig? Danach werden wir noch gemeinsam einen Happen essen. Einverstanden?»

Lächelnd nickt Sam, macht eine kleine Verbeugung und meint: «Es ist mir eine Ehre, mein Freund. Können Sie mir einen guten Schneider empfehlen? Ich kann schlecht in diesem Aufzug erscheinen.»

Er weiß, dass er bis zum Ende im Spiel bleiben muss, wenn er gewinnen will. Und gewinnen heißt in diesem Fall, seine Freunde beschützen zu können, am Leben zu bleiben und den Frieden wiederzufinden.

«So gefallen Sie mir Sam. Ich lasse mir Ihren Vorschlag, mein Partner zu werden, durch den Kopf gehen. Dann bis morgen um sieben, mein Freund. Judith, meine Frau, wird sicher erfreut sein sie kennenzulernen. Ah und ehe ich es vergesse: Ich spreche nie mit meiner Familie über

Geschäfte. Das verstehen Sie sicher – es ist, wie soll ich sagen? Gesünder?»

Arik zwinkert ihn an, lächelt bübisch und führt ihn an der Schulter zur Tür.

«Sue, lassen Sie meinen Freund vom Fahrer doch bitte zu meinem Schneider fahren», ruft er fröhlich der Assistentin zu, bevor er Sam zuwinkt und die Tür zum Büro schließt.

Sieben

Drei Monate später.

Emma liegt bequem, auf große Kissen gebettet, auf dem breiten Bett. Neben ihr liegt friedlich schlafend Hanna. Vor drei Tagen erst hat sie die Kleine zur Welt gebracht. Zuvor hatte sie sich bei den Kontrolluntersuchungen in der New Yorker Privatklinik sehr alleine gefühlt.

Doch dann war John gekommen und hatte schließlich ihre Hand bei der Geburt gehalten. Dafür war sie sehr dankbar gewesen.

Er hatte sie angerufen am Tag als sie hier angekommen war, ihr erzählt, dass er erfahren habe, wo sie steckt, und dass er seinen Cousin Jace einfach nicht verstehen könne. Er könne sie doch nicht einfach alleine lassen, wenn ihr erstes gemeinsames Kind zur Welt kommt.

Drei Kinder, hatte Emma ihm erklärt, und John hatte erstaunt gefragt, ob sie Drillinge erwarte. Nein, hatte Emma geantwortet. Das erste, das einzige und das letzte gemeinsame Kind.

John war nicht mehr zu hören gewesen in der Leitung und sie musste ihn fragen, ob er noch dran sei. Dann hatte er sich zu einem Lachen überwunden und gemeint: wenigstens hätte sie ihren Humor nicht verloren.

Am Abend hatte er sie dann in dem Apartment besucht. Emma hatte sich sehr gefreut ihn zu sehen. Elegant gekleidet war er gewesen. Nicht so förmlich und steif wie sie ihn aus England kannte. Nicht mehr wie ein Buchhalter, nein eher wie ein Geschäftsmann, hatte sie den Eindruck, als er an dem Salontisch Platz genommen hatte und sie mit ihrem großen Bauch auf dem Liegesessel daneben.

Natürlich hatte sie als Erstes wissen wollen, wie er sie hier ausfindig gemacht hat. John hatte darauf erzählt, wie er und ihr Vater Sinclair Jace in die Mangel genommen hätten, sich bemüht hätten, ihn zur Vernunft zu bringen, damit er wie ein erwachsener Mann seine Verantwortung wahrnehme, und dass er eher ein gutes Gefühl habe, dass sich Jace noch besinnen würde. Selbstverständlich habe er Jace und auch ihren Eltern nicht gesagt, wo sie sich befinde – das sei alleine ihre Entscheidung – er flehe sie jedoch an, wenigstens ihren Eltern Bescheid zu geben.

Emma hatte abgewinkt und nochmals gefragt, wie um alles in der Welt er sie gefunden hatte.

Er hatte geschmunzelt und erklärt: von seinem Partner.

Emma hatte nicht schlecht gestaunt, doch mehr wollte John nicht erzählen. Erst später war er mit der Geschichte herausgerückt.

Von da an hatte Emma sich entspannt. John war ein guter Freund geworden. Sie hatte ihn gleich gemocht, als Jace ihn ihr bei dessen Geburtstagsparty vorgestellt hatte. Damals waren sie und Jace zu Johns Geburtstag für ein Wochenende nach England geflogen. Sie war mehr mitgereist, um Ihre Eltern zu sehen, doch trotzdem war sie auch mit Jace auf die Party gegangen und hatte John kennengelernt.

In einer Stunde würde er kommen und dann würden sie mit Hanna einen ersten, kurzen Spaziergang wagen.

Sie blickt sich in dem schmucken Schlafzimmer des überschaubaren Apartments um. Es liegt im siebenundsechzigsten Stock in der Park Avenue und bietet einen atemberaubenden Ausblick. Im Moment treiben Schneeflocken durch die Straßenschluchten und Emma lächelt bei dem Gedanken, dass sie noch vor Monaten bei solch garstigem Wetter Touristen durch die Silfra-Spalte bugsiert hat. Das hier ist ein anderes Leben. In der Wärme und in einer richtigen Wohnung. Nicht so wie das Drecksloch in V18.

Ihre Mutter war damals besorgt, dass sie einen solchen Job angenommen hat, aber Vater hat sie schließlich beruhigen können und gemeint, es sei gut, wenn sie ihren Willen stärken könne, sie sei noch jung und sie könne die Erfahrung später gut gebrauchen, wenn sie dereinst den Gutshof leiten würde. Danach der Schreck über die Katastrophe in Island. Er steckte ihnen noch in den Gliedern, aber sie waren heilfroh, dass ihrer Tochter nichts geschehen ist. Als sie allerdings vor drei Monaten hochschwanger nach New York wollte, war dann auch Vater richtig besorgt. Nicht so sehr, weil sie sich vom Vater des Kindes, von Jace, getrennt hatte, das haben er und Mutter noch verstehen können, ein Abenteurer war nicht der richtige Mann, um eine Familie zu gründen. Aber dass sie sich von diesem Arik hat einladen lassen und ihr Kind alleine in einer fremden Stadt zur Welt bringen wollte, war für die Eltern schwer zu verstehen.

Ihre Eltern werden sich beruhigen. Auch wenn Mutter immer noch ein wenig beleidigt ist, dass sie ihnen erst nach der Geburt von Hanna mitgeteilt hat, wo sie wohnt. In ein paar Tagen planen sie, zu Besuch zu kommen, und dann würden sie sehen, dass alles in Ordnung ist.

Auf dem großen Fernseher laufen die Nachrichten. Es werden Bilder von Island gezeigt. Emma dreht die Lautstärke mit der Fernbedienung nur ganz wenig hoch, um Hanna nicht zu wecken.

Es wird berichtet, dass ein isländisch-internationales Konsortium das Handynetz und die restliche Kommunikationsinfrastruktur wiederaufbauen will. Das Konsortium würde großzügig Kapital investieren und eng mit der Regierung zusammenarbeiten. Auf den Bildern sieht man, wie Arbeiter die bekannte Antennenplattform weiträumig einzäunen. Emma schmunzelt.

Ein isländischer Politiker, offenbar der zuständige Minister, lobt die Zusammenarbeit mit den internationalen Investoren in höchsten Tönen. Arik scheint seinen Job gut gemacht zu haben. Offenbar hat er seine Beziehungen spielen lassen und sich für sein Syndikat, den Zugang zu den Diamanten sichern können. Wahrscheinlich war er genötigt, dafür nur ein paar lokale Politiker einzuweihen und zu beteiligen.

Als die obligate Werbung über den Bildschirm flimmert, schaltet Emma das Gerät aus.

Sie hat richtig entschieden. Damals, als sie mit Arik Kontakt aufgenommen hat, nachdem er und seine Leute ihre Familie verängstigt hatten und

John entführt worden war. Er ist ein ruhiger, überlegter Mann mit Stil. Ein Mann aus demselben Holz wie ihr Vater. Gebildet und mit Weitblick. Nicht so dumm wie Jace und die Anderen der Tauchtruppe. Die nur schnell reich werden wollten, um sich dann eine blöde Tauchbasis aufzubauen oder um sich ein schickes Auto zu kaufen, aber im Grunde dasselbe sinnlose Abenteurerleben weiterführen wollten.

Sie fühlte sich gezwungen, Chuck einzuweihen, vor allem, um Sam unter Kontrolle zu bekommen. Jace war dafür nicht zu gebrauchen. Chuck war zwar auch nur daran interessiert, schnell reich zu werden, aber sie hat ihn und nicht Jace gewählt, weil er ihr damals verlässlicher vorkam und eine Sache konsequent durchziehen konnte. Dass er offenbar dabei ums Leben gekommen ist, war bedauernswert, doch damit kann sie leben. Schlussendlich hatte sie auch ihm nie vertraut. Chuck ist mit seiner Idee, Arik am Schluss doch übers Ohr zu hauen und die restlichen Steine selbst zu verkaufen, ein Risiko für alle geworden. Das wurde ihr klar, als Chuck die Übergabe vermasselt, den Auftragskiller umgebracht und dabei auch noch Johns Leben auf's Spiel gesetzt hat.

Danach hat sie Arik über alle Schritte informiert. Darüber was sie vorhatten und wer wie dazu stand. Ohne diese Kooperation würden sie alle vielleicht gar nicht mehr leben.

Anfangs ging es ihr nur um die Sicherheit für sich und ihre Familie. Sie hat geahnt, dass sie nur durch eine Kooperation von den Leuten hinter dem Syndikat am Leben gelassen würde. Es ging einfach um zu viel und es waren sehr einflussreiche Leute von ihrem Fund betroffen.

Sie selbst hat auch nur von einem friedlichen Familienleben ohne finanzielle Sorgen geträumt. Sie war nicht aus armem Haus, doch Unabhängigkeit von den Eltern, eigenes Geld, mit dem man eigene Ziele verfolgen konnte, waren ganz schön verlockend. Jace hat das nie verstanden. Das wurde ihr klar, als sie erst zaghaft und dann deutlich mit ihm über ihre Träume hat sprechen wollen. Sein Horizont ging nicht über verschiedene Orte auf dem Planeten, an denen man eine Tauchbasis aufbauen könnte, hinaus. Er ist schlicht zu einfältig dafür, wirklich groß zu denken. Als sie ihn schließlich verlassen hat, war er nicht einmal so sehr unglücklich. Seine Freiheit schien ihm wichtiger zu sein als sie und das ungeborene Kind.

Doch die naiven Träume haben sich gewandelt. Sie ist selber erwachsen geworden, wie sie findet. Sie will etwas bewegen auf dieser Welt. Die Möglichkeiten des Syndikats haben sie auf den Geschmack gebracht, und Hanna. Ihre Tochter soll stolz sein können auf ihre Mutter.

Sie wandte sich wieder an Arik und wurde von ihm und seiner Familie zu ihrem zweiten Wohnsitz in New York eingeladen. Arik hat ihr auch dieses tolle Apartment besorgt. An langen Abenden hat sie hochschwanger mit ihm und seiner Frau Judith über den Zustand der Welt philosophiert. Dabei war es dann auch passiert. Wie durch eine Eingebung war ihr, als sie nach einem langen Abend endlich auf ihrem Bett lag, klar geworden, was sie wirklich wollte. Sie wollte Arik und das Syndikat dabei unterstützen, die Diamanten irgendwie aus dem Lavagestein von Island zu bergen.

Eine andere Form des Gier-Virus hatte sie infiziert. Sie würde einen Friedensnobelpreis bekommen. Mit dem Reichtum die Welt zu einem besseren Ort zu machen, zu den wirklich einflussreichen Menschen auf dem Planeten gehören und jemand werden, auf den Hanna und ihre Nachkommen stolz sein konnten. Arik hat das sofort verstanden und ihr auch versprochen, sie dabei zu unterstützen, sie zu beteiligen und sie mit den Leuten hinter dem Syndikat bekanntzumachen. Sein Plan sei, sie zur Botschafterin des Diamanten-Syndikats zu befördern, versicherte er ihr.

Emma greift unter das große Kissen neben sich und zieht einen schwarzen Samtbeutel heraus. Sie zieht den großen, kühlen Stein heraus und betrachtet ihn. Unscheinbar sieht er aus, wie ein milchiger, großer Kieselstein und doch kann man mit ihm die Welt verändern, konnte SIE die Welt verändern.

Gestern hat sie den großen Stein darin John gezeigt. John hatte große Augen bekommen. Dann lachten sie zusammen, als John erzählt hat, dass Sam bei ihm gewesen sei, um ihn nach dem Stein zu fragen. Dass er ihn eindringlich beschworen habe, ihm zu helfen, dass er außerdem bei Jace und Piet gewesen sei und auch bei Barbu. Dass es ihre einzige Chance sei, Arik und seine Leute loszuwerden und auch noch in ein paar Monaten am Leben zu sein. Die Einzige, die den Stein haben könne, sei Emma. Er müsse ihm helfen, sie zu finden.

Sie haben sich geschworen, immer zusammenzuhalten. Der Stein sollte ihre Versicherung sein, falls es mit dem Syndikat doch nicht so laufen würde wie geplant. Man weiß schließlich nie – wenn Arik plötzlich nicht mehr da sein würde, wären sie immer noch reich genug, um ihre Pläne in die Tat umzusetzen.

John war darauf nachdenklich geworden und hatte sich einen Drink eingeschenkt, um die Neuigkeit zu verdauen, wie er vermutete. Er war und bleibt ein Angsthase, John eben.

Dann erzählte er ihr, wie er sie gefunden hat.

Sein Chef hatte ihn ins Büro gebeten und ihm einen Drink angeboten. Er sei ja ganz ein tiefes Wasser, hatte er ihm lachend erklärt und dem verwunderten John erzählt, dass sein wichtigster Geschäftspartner ihn, John, abwerben möchte, und sein Partner ihn gefragt habe, ob er ihn gehen lassen würde.

John war es mehr als mulmig geworden. Doch sein Chef hatte das auf seine Bescheidenheit, seine oft fast duckmäuserische Art, mit der er ihn immer an seinen Labrador erinnerte, zurückgeführt. Damit könne er nun aufhören. Er bekomme ein Jobangebot von einem der einflussreichsten Diamantenhändler des Planeten, wozu er ihm im Übrigen herzlich gratuliere. Er wusste nicht, dass sich sein Geschäftspartner Arik und John bereits kannten.

Drei Tage später war er zu einem Termin in ein diskretes Büro in einer Anwaltskanzlei eingeladen worden. Dort hatte er, wie erwartet, Arik getroffen. Natürlich war ihm vor Angst fast wieder ein Unglück passiert und er hätte sich fast in die Hosen gemacht. Doch Arik hatte ihm einen Vertrag vorgelegt, bei dem ihm schwindlig geworden war. Ihm wurde nicht weniger als der Posten als Managing Partner des Syndikats vorgeschlagen. Der Chefposten über alle Gemmologen der Organisation – weltweit. Das Salär auf der letzten Seite war mehr als er sich je erträumt hatte, doch es kam noch besser. Er würde mit fünf Prozent am Gewinn beteiligt werden, welche die Schürfungen auf Island einbringen sollen.

Die Angst vor dem Mann vor ihm war schlagartig einem neuen Gefühl gewichen. Ein Schaudern war ihm über den Rücken gelaufen. Was würde Nancy dazu meinen, mit einem der einflussreichsten Männer des internationalen Diamantenhandels verheiratet zu sein? Und – ha! – was werden die Idioten aus seiner Schule, von denen einer sich sogar zum Filialleiter einer Supermarktkette hochgearbeitet hatte, nun sagen? Er, John, der pummelige Außenseiter, war plötzlich zum König geworden!

Diese Genugtuung hatte sich in ihm ausgebreitet wie eine Linie Kokain, deren Wirkung er nur einmal ausprobiert hatte und dabei einen Vorgeschmack erhalten hatte, wie es sich anfühlen könnte, jemand zu sein. Jemand, zu dem man aufschaut, der respektiert und geachtet wird. Die Wirkung des Stoffs war damals schnell verpufft und einem tagelangen Kater gewichen. Die Wirkung der neuen Position in Ariks Organisation jeden Tag größer. So hatte er schließlich auch von Arik erfahren, wo sich Emma aufhält.

Er hat Emma beschworen, den Stein mitnehmen zu können, um ihn Arik auszuhändigen Sie hat erst probiert, John zu beschwichtigen. Sie wollte ihn davon überzeugen, dass dieser Stein sie auch absichern konnte. Schließlich könnte Arik sie und auch ihn, John, jederzeit wieder dahin schicken, wo sie hergekommen sind. Zurück ins Mittelmaß – in den unteren Bereich des Mittelmaßes.

John hat einen Moment lang über ihre Argumente nachgedacht, doch dann darauf bestanden, den Stein mitzunehmen.

Schließlich hat er eingewilligt, das Emma selbst Arik den Stein liefern würde. Morgen oder übermorgen doch ganz bestimmt, das hat sie dem Feigling versprechen müssen.

Acht

Nur ein paar Blocks entfernt sitzt Arik zu Hause in seinem bescheidenen Arbeitszimmer und betrachtet über die kreisrunde Goldrandbrille hinweg das Bild, welches er von seinen Mitarbeitern erhalten und ausgedruckt hatte. Er lächelt. Süß sieht sie aus, die kleine Hanna. Ganz erstaunlich, wie gestochen scharf die Bilder von den nicht einmal fingernagelgroßen Kameras in Emmas Apartment übertragen werden.

Doch das Bild haben sie ihm nicht wegen der kleinen Hanna geschickt. Neben ihr auf dem Bett sitzen lachend Emma und John. In Emmas Hand der verbliebene große Rohdiamant.

Gut zu wissen, wo er ist, denkt er immer noch lächelnd. Er würde ihn holen, wenn alles vollbracht war. Etwas in der Art hat er vermutet, als seine Leute den Stein nicht unter dem Buddha fanden und Emma die Schuld auf Chuck schob. Die Erklärung, der Stein würde mit all den anderen und diesem Chuck auf dem Grund des Sees liegen, hat er nie richtig glauben können.

Nun durfte er gespannt sein, ob John ihm die Geschichte beichten wird. Darauf, ob er einen loyalen Mitarbeiter hat oder eben nicht.

Das Joint Venture auf Island ist gut angelaufen. Bei den Arbeiten am Fundament des Handmasten sind tatsächlich nochmals Steine von seinen Leuten gefunden worden. Allerdings keine großen. John und seine Geologen haben ihm auch berichtet, dass es gut möglich sei, dass es ein "Inselvorkommen" ist. Keine Diamantenader. Wahrscheinlich seien weitere Steine vorhanden, aber sehr tief in dem Gestein verborgen. Die würde man zwar bergen können, aber nicht so diskret wie unter dem Vorwand der Arbeiten an der Handyinfrastruktur. Es würde etwas dauern, aber es war kein wirkliches Problem.

Arik nahm die Nachricht sehr gelassen auf. Selbst wenn sie auch nur einen einzigen Diamanten schürfen könnten, wäre das für seine Geschäfte gut. Alles, worum es ihm und dem Syndikat geht, ist die Marktkontrolle. Auf keinen Fall darf das Angebot an Diamanten sprunghaft ansteigen und damit die Preise ruinieren und die Werte der geheimen Anlagen seiner Kunden. Selbst wenn das Vorkommen auf Island ergiebig ist, wird er die Menge der Steine, die auf den Markt kommen, nur sehr behutsam erhöhen können. Denn schließlich geht es in diesem Geschäft nur um eines: Profit. Und nicht um Diamanten. Die sind nur die stillen Arbeitstiere, um das Vermögen zu erhöhen und die Macht, die davon ausgeht.

In einer Videokonferenz hat er daraufhin seine drei Partner in der isländischen Regierung über die Berichte seiner Geologen informiert. Sie zeigten sich sehr enttäuscht und meinten, dann würde man die Schürfungen vielleicht doch staatlich und offiziell machen sollen. Woraufhin er sie auf ihre Offshore-Konten hatte hinweisen müssen und darauf, dass es nicht hilfreich sein würde, wenn sie sich plötzlich mit so einer Idee an die Öffentlichkeit wenden würden. Die vermaledeiten Journalisten würden heutzutage alles herausfinden und es würde immer irgendwelche Whistleblower geben. Als er dann mögliche Investitionen in ein Geothermie-Kraftwerk ansprach, für das man viel großräumiger und tiefer bohren müsse, kehrte das Glitzern in die Augen seiner Gesprächspartner zurück. Man hat sich geeinigt, eine Lizenz für das Joint Venture zu bekommen. Schließlich braucht das Land Investitionen, aber ein paar Monate könnte es dauern, bis es damit so weit war. Das war ihm und seinen Investoren hinter dem Syndikat nur recht. Zeit ist kein Problem, man würde sowieso Funde nur tröpfchenweise auf den Markt bringen können, um die Preise nicht zu destabilisieren. Für die Suche nach den Rohdiamanten hatten sie die verschwiegenen Arbeiter aus einer vom Syndikat kontrollierten Mine eingeflogen. Man würde die Baustelle zu einer Forschungsstätte erklären, um neue Technologie für die Nutzung von Geothermie zu entdecken. Damit kann man den Kreis der Leute, die Zutritt zum Gelände haben, gut kontrollieren. So ähnlich sind sie früher auf einem Gelände in Südafrika vorgegangen.

Allerdings hat er von seinen Investoren, die wie die Leute des Syndikats aus aller Herren Länder stammen, auch den Auftrag erhalten, die Geheimhaltung und die Sicherheit des Projekts zu gewährleisten. Auch wenn nicht klar gesagt wurde, was damit gemeint war, hat er verstanden.

Die Anzahl der Leute, die neben dem Syndikat selbst, den Investoren und ihren Kontakten zur isländischen Regierung von den Diamanten Kenntnis haben, ist überschaubar.

Von den beiden großen Diamanten weiß das Syndikat nichts. Das ist sozusagen sein privates Projekt – sein Bonus – schließlich haben alle ihm und seinem entschlossenen Handeln zu verdanken, dass die Lage unter Kontrolle ist. Von einem weiß er jetzt zumindest, wo er ist, und selbst wenn er den zweiten nicht aufspüren würde... Dieser eine Stein ist der größte Diamant, der jemals auf der Welt ausgegraben wurde. Selbst wenn er ihn nie verkaufen könnte, ihn noch nicht einmal jemandem zeigen könnte, ist dieser Stein wie eine Ikone der Herrschaft über den weltweiten Diamantenhandel. Er ist die Krone des Kaisers.

Seine Leute haben ihm berichtet, dass Sam mittlerweile in Brasilien ist und sich um die Witwe dieses Blaublütigen kümmert. Das wird einfach sein. Sie haben dort ihre Leute.

Als Erstes muss er sich um diesen Piet und Jace kümmern. Sie sind ein zu großes Risiko. Die beiden verfolgen das Ziel, ein Touristen-Business hochzuziehen. Ihr Geschäft wird für Jahre noch nicht funktionieren und sie schmeißen mit Geld um sich. Sie beabsichtigen, eine Werft für den Bau von Unterwasserhotels zu bauen. Doch das übersteigt ihre Mittel und sie hatten ihn bereits kontaktiert und frech nach einer Investition gefragt. Sie hatten nicht direkt versucht, ihn zu erpressen, doch er ist sich sicher, als nächstes werden sie genau das versuchen. So etwas wie: Wir möchten doch nicht riskieren, dass jemand sich über die Arbeiten an der Antenne zu interessieren beginnt. Er muss dem Treiben ein Ende setzen. Tauchen ist ein gefährlicher Sport – es passieren oft Unfälle.

Den Rumänen Barbu will er weiter beobachten, genauso wie Sam. Barbu ist vernünftig, weiß von seinen Erfahrungen mit dem rumänischen Geheimdienst, wann es gesund ist, sich zurückzuziehen und den Mund zu halten. Nach seinen Informationen investiert er in seiner Heimat in Schulen und gibt sich als guter Bürger.

Er ist schlau genug, das Geld vorsichtig und in kleinere Projekte zu investieren, um nicht die Aufmerksamkeit auf sich zu ziehen. Er gibt sich als Repräsentant einer Schweizer Stiftung aus, fährt kein neues Auto und hat sich keine Villa gekauft.

Solange er sich so verhält, kann er ihn am Leben lassen, doch seine Leute sollen ihn und Sam im Auge behalten.

Um Emma tut es ihm leid. Er mag die junge Frau. Ihre hochfliegenden Pläne, diese Welt zu einem besseren Ort zu machen. Sie erinnert ihn an seine Jugend, als er voller Elan für die Menschenrechte demonstriert hat. Daran geglaubt hat, man könne die Physik der Welt verändern, bis er gelernt hat, dass nicht die Schwerkraft oder die Gesetze der Thermodynamik die Menschen beeinflussen, sondern Geld und die Macht, die damit einhergeht. Das hätte Emma sicher eines Tages auch eingesehen, doch allein die Tatsache, dass sie diesen unfassbaren Stein vor ihm verbirgt, zeigt deutlich, dass er ihr niemals vertrauen kann. Weder er noch das Syndikat legen es darauf an, sich in der Situation wiederzufinden, sich von einer enthusiastischen Frau im Größenwahn erpressen zu lassen oder hintergangen zu werden.

Und dann ist da noch John. Arik hofft, er wird ihm von dem Diamanten erzählen. Er muss morgen für ein Gutachten nach Island reisen. Er wird ihm drei Tage geben, zur Besinnung zu kommen. Wenn nicht – die Arbeiten auf der Baustelle sind gefährlich. Da kann leicht ein Unfall passieren.

Die Prioritäten sind klar: In drei Tagen wird er den Stein besitzen – so oder so – und dann wird er für die Geheimhaltung und die Sicherheit des Projekts sorgen. Auch wenn ihm das zu tiefst widerstrebt. Er verabscheut Gewalt. Sie ist für ihn ein Zeichen mangelnder Intelligenz und fehlender Voraussicht. Seine Faszination liegt in der Macht. Der Fähigkeit, den Lauf der Welt zu beeinflussen und zu kontrollieren. Dazu braucht es Gewalt immer nur als allerletzte Option.

Er muss sich eingestehen, dass er die ganze Sache mit diesen Tauchern unterschätzt hat. Sich zu sicher war, mit der für diese Leute unvorstellbaren Summe von zehn Millionen Schweizer Franken die Situation abschließend kontrollieren zu können. So hat er immer Stillschweigen erreichen können. Letztlich geht es dabei immer nur um die Summe, Sicherheit und Position der Personen. Diese Aspekte können variieren, doch wenn man es richtig einschätzt, kommt man ins Geschäft. Nun wird er wohl von seinen Prinzipien eine Ausnahme machen müssen und das ärgert ihn ein wenig.

«Schatz, kommst Du? Wir wollen essen. Du solltest nicht soviel arbeiten. Mach jetzt Schluss bitte». Seine Frau Judith ist an der Tür zum Arbeitszimmer und lächelt ihn stirnrunzelnd an.

Arik schiebt sich die Brille zurück auf die Nase und säuselt lächelnd: «Sofort Schatz. Ich will nur noch dieser Hanna antworten. Sie hat uns für eine Spende angefragt für ihre Stiftung für Waisenkinder. Wir haben beschlossen, sie großzügig zu unterstützen, und ich will ihr unseren Beschluss noch kurz mitteilen. Sie wird sich bestimmt freuen. Fünf Minuten, dann bin ich bei euch!»

Judith betrachtet wie er aufsteht, seine Papiere vom Schreibtisch nimmt, sie in den Tresor einschließt und sich hinter den Computer setzt.

Was habe ich für ein Glück, denkt sie im Gehen. So ein herzensguter, gewissenhafter Mann. Meine Mutter hatte recht: Ich hätte keinen besseren Mann heiraten können.

Neun

«**W**ir müssen reden – jetzt. Es ist lebenswichtig! Mach mit Hanna einen Spaziergang und ruf mich von einer Telefonzelle aus an – benutze nicht dein Handy, du wirst beobachtet. John», liest Emma auf ihrem Handy.

Was zum Teufel geht hier vor? Emma schaut zu der schlafenden Hanna in der Wiege und spürt wie ihr die Luft wegbleibt. Ist diese Nachricht wirklich von John gekommen? Die Nummer stimmt, doch wer weiß heute schon, woher eine Nachricht wirklich kommt. Trotzdem wagt sie es nicht, John von ihrem Handy aus anzurufen. Doch sie muss Gewissheit haben, was hier vorgeht, warum sie in Lebensgefahr sein soll. Hektisch rennt sie ins Badezimmer, doch dort erinnert sie sich an die SMS: «Du wirst beobachtet», hat John geschrieben. Sie spürt ihr Herz bis zum Hals schlagen und würgt den Kloß in ihrem Hals herunter. Ihr ist speiübel, doch sie muss jetzt die Ruhe bewahren.

Sie atmet dreimal tief durch, nickt sich im Spiegel über dem Waschbecken zu und geht zurück ins Wohnzimmer. Dort nimmt sie ruhig ihren kleinen Rucksack von der Garderobe, packt ihr

Portemonnaie rein, geht zurück ins Bad und steckt auch ihr Necessaire hinein. Darin befindet sich, in einem winzigen Fach im Boden, ein eingeschweißter Beutel mit zwanzig Hundertern in US-Dollar und fünf Tausendern in Schweizer Franken. Den hatte sie sich vorbereitet, bevor sie damals nach New York reiste. Je nachdem, was sie von John erfahren würde, kann sie das Bargeld jetzt vielleicht gut gebrauchen. Sie zieht die Schublade des kleinen Schranks auf, in der sie ihre Unterwäsche aufbewahrt, greift unter den Stapel der Höschen und zieht den Samtbeutel heraus. Rasch lässt sie auch den in ihren Rucksack gleiten.

Sie zieht sich warme Kleider an und nimmt Hanna aus der Wiege.

«So meine Kleine, wir unternehmen einen kurzen Spaziergang. Mama braucht frische Luft», raunt sie Hanna zu und beginnt, auch sie warm anzuziehen. Aus dem Schlaf geholt, beginnt die Kleine ein wenig zu quengeln, beruhigt sich aber wieder, als Emma sie aufs Bett legt. Sie packt ein paar Windeln in den Rucksack, zieht Schuhe und Daunenjacke an und schwingt den Rucksack auf den Rücken.

Danach bindet sie sich das Tragetuch um, packt Hanna hinein und geht beschwingt aus der Tür. Fast hätte sie den Mittelfinger zum Gruß in den

Raum gestreckt. Die Angst ist Zorn gewichen und Emma wäre am liebsten zu Arik gefahren, hätte ihm die SMS von John gezeigt und ihn gefragt, ob er wisse, was mit "du wirst beobachtet" gemeint sei. Und wenn es denn stimmte und die Nachricht wirklich von John kam? Lebenswichtig – der übertreibt doch wieder einmal maßlos!

Kurz überlegt Emma vor dem Aufzug, ob sie nicht einfach zurück in ihr Apartment sollte, John anrufen und ihn fragen, was das Ganze zu bedeuten habe. Schließlich sind sie doch keine kleinen Kinder, die Räuber und Polizei spielen.

Doch als sich die Türen vor ihr mit einem Bling öffnen, steigt sie ein. Bei dem kleinen Park gleich vor dem nächsten Block gibt es eine Telefonzelle. Von da aus will sie anrufen.

Emma zieht ihre Kreditkarte durch den Schlitz des Automaten, tippt die Nummer von John aus ihrem Handy ab und hört nun das regelmäßige Tuten im Hörer. Die Verbindung wird aufgebaut. Hanna schläft an ihrer Brust und sie schaut durch die beschlagenen Scheiben der Telefonzelle nach draußen. Die Dämmerung hat zeitig eingesetzt und der Park ist fast menschenleer. Nur auf einer der Bänke sitzt eine Gestalt vor einem Einkaufswagen, der überquillt von irgendwelchem Zeugs, und trinkt ab und zu ein paar Schlucke aus einer

Flasche, die er in einer Papiertüte in der Hand hält. Ein scharfer Wind treibt Schneeflocken und Verpackungen von Fast Food über die verschneiten Flächen. Es ist saukalt geworden in New York.

«Hallo...», meldet eine Stimme und Emma hört sofort, dass es John ist.

«Hier ist Emma, sag mal was sollte diese SMS eben? Spinnst Du? Was...»

«Halt die Luft an und hör mir zu, wenn dir dein Leben und das von Hanna was wert sind», unterbricht John ihre Flut von Fragen. In seiner Stimme hört Emma Verzweiflung und sofort bekommt sie weiche Knie. «O.K.», bringt sie gerade noch über die Lippen.

«Hör mir jetzt genau zu, Emma. Hörst du? Das ist wichtig!», hört sie Johns zittrige Stimme und ohne eine Antwort abzuwarten, fährt er fort:

«Ich habe vor einer Stunde Arik über den Stein, den du versteckt hältst, informiert. Ich konnte einfach nicht anders, denn ich vermutete, dass dein Apartment überwacht wird...»

«O.K...», hört sich Emma in die Pause antworten. Ihr ist, als versinke die Welt draußen in dem Park. Unbewusst drückt sie Hanna, die im Tragetuch friedlich schläft, mit ihrer freien Hand fest an sich.

«Jedenfalls hat mir Arik unverblümt gesagt, dass er von dem Stein weiß und er froh sei, dass ich loyal sei und deshalb wohl auch gesund wieder aus Island zurückkehren werde. Nun hoffe er, Emma sei auch so vernünftig und die kleine Hanna sei ihr wichtiger als so ein kalter Stein.... weißt du, was das heißt Emma? Du musst sofort den Stein zu Arik bringen! Sofort, hörst du?», schreit John in die Leitung.

Emma steht wie eingefroren in der Telefonzelle. Dieser Idiot hatte doch tatsächlich Arik von dem Stein erzählt! Doch vielleicht hat er recht und sie wird wirklich überwacht und Arik weiß es sowieso. Dann ist der Schachzug von John clever und er hat zumindest seinen Kopf gerettet. Immerhin informiert er sie darüber und will sie nicht ins Messer laufen lassen. Doch vielleicht ist das nur ein Trick, um ihr Angst einzujagen und sie zu bewegen, den Stein Arik zu geben?

Doch so gerissen ist John nicht und Arik traut sie zu, sie zu überwachen, denkt Emma als sie wortlos den Hörer einhängt.

Sie steht auf der windigen Straße, schaut zu Hanna, die warm eingepackt immer noch schläft, und dann in den fahlen Himmel. Wenn sie reagieren will, dann jetzt. Soll sie zu Arik fahren und ihm den Stein geben? Doch wären sie und Hanna dann sicher? Ganz und gar nicht! Sie fasst einen Entschluss: Weg hier! Weg, in Sicherheit. Doch wohin? Das Herz schlägt ihr bis zum Hals, ihre Gedanken rattern die Möglichkeiten durch.

Ein gelbes Taxi rollt langsam den kleinen Park entlang. Emma geht mit schnellen Schritten darauf zu und hebt ihre Hand. Sekunden später braust der Fahrer mit ihr los. «JFK Airport, please», weist ihn Emma an und beginnt im Rucksack die Geldscheine aus dem Necessaire zu ziehen und in ihre Jackentasche zu stopfen.

Fast eine Stunde später sitzt Emma mit Hanna am Flughafen in einer dieser unsäglichen Kabinen, um Babys zu stillen. Sie empfand diese Einrichtungen immer entwürdigend für die Frauen und so verlogen für ein Land, das keine nackte Brust in der Öffentlichkeit duldet, aber gleichzeitig die größte Pornoindustrie weltweit beherbergt. Doch jetzt ist sie sehr dankbar für die Privatsphäre, welche ihr diese Kabine in dem Gewusel von Menschen bietet. Sie stillt Hanna und gleichzeitig tippt sie eine Nummer in das Prepaid-Handy, dass sie vorhin an in einem der Shops gekauft hat.

«Dad?», flüstert Emma, als sie hört das jemand in der Leitung ist.

«Hallo – bist du das Emma? Ich kann fast nichts verstehen», hört sie ihren Vater Sinclair verschlafen in der Leitung und sofort fühlt sie sich leichter. Er war wohl längst im Bett. Bei ihm zu Hause ist es fast elf und ihr Vater ist Frühaufsteher.

«Ja, Dad – ich bin es. Hör zu, ich habe nicht viel Zeit. Ich bin am JFK in New York. In einer Stunde fliege ich ab und bin morgen früh um 8:20 in London Heathrow», spricht Emma nun lauter und bestimmt in das billige Handy.

«Was ist denn los, Emma? Klar hole ich dich ab – doch sag mir: Ist etwas passiert?», hört sie ihren besorgten Vater.

«Ja und nein – Hanna und mir geht es gut, aber ich muss untertauchen, hörst du?»

Stille in der Leitung.

«Dad?»

«Ja, Liebes – ich verstehe. Ich...»

Die Leitung ist abgebrochen. Emma starrt auf das Handy.

Credit has been used up, blinkt auf dem Display. Sie schaltet das Gerät aus und schmeißt es in den mickrigen Kübel, der für Papiertücher vor ihr am Boden steht.

Kurze Zeit später geht sie mit der schlafenden und satten Hanna in Richtung ihres Gates.

Zehn

D as Handy von Sam vibriert auf dem Glastisch auf dem großzügigen Balkon des Apartmenthauses in Jardins, einem der gehobenen Quartiere von Sao Paulo.

Seit fast zwei Monaten lebt er hier, in fußläufiger Entfernung zum Elternhaus von Bruna. Nachdem er erfolglos alles darangesetzt hatte, diesen verfluchten Stein aufzutreiben, dafür bei Jace und Piet in Island war und mit Barbu telefoniert hatte – Emma hatte er nicht ausfindig machen können, obwohl er ihre Eltern angefleht hat, ihm ihren Aufenthaltsort zu nennen – ist er entnervt nach Brasilien geflogen. Von ihnen allen war nur Emma übriggeblieben, die den Stein besitzen könnte. Doch es ist auch gut möglich, dass ihn Chuck geklaut hat, und dann würde man ihn wohl nie finden. Arik hat ihm in seiner üblichen, blasierten Art für seine Bemühungen gedankt und ist offenbar nicht mehr so extrem interessiert an dem Stein. Vielleicht hat er ihn auch längst.

Nun hilft er Bruna, die Projekte in den Favelas weiter zu betreuen. Pedros Familie hat den Fonds bestehen lassen und Bruna die Kontrolle über das

Geld überlassen, obwohl sie nicht verheiratet waren. Für seine Eltern ist es tröstlich, dass zumindest die Vision ihres Sohnes weiterlebt.

Brunas Eltern waren weniger erfreut über sein Auftauchen. Sie haben noch gut in Erinnerung, wie ihre Tochter nach der Trennung von ihm litt und monatelang mit von Tränen geröteten Augen herumsaß. Sam hat sich bemüht, ihnen sein damaliges Verhalten zu erklären, und ihnen versichert, dass er hier sei, um Bruna bei ihrer Genesung zu unterstützen. Er wolle damit versuchen, etwas gutzumachen von dem, was er ihr damals angetan hat. Nicht weil er glaube, wieder der Mann in ihrem Leben zu werden. Trotzdem blieben sie ihm gegenüber skeptisch und freundlich reserviert. Deshalb hat er auch für sich eine Wohnung gemietet und nicht für sich und Bruna, wie er es eigentlich vorhatte. Bruna wird Zeit brauchen. Es sind nicht nur die schmerzhafte Erinnerung an ihre damalige Liebesgeschichte, sondern auch der Verlust ihres geliebten Verlobten, ihre Verletzungen, die sie bei der Bruchlandung erlitten, hatte, von denen Bruna heilen muss. Erst dann wird Bruna vielleicht wieder über die eigene Zukunft nachdenken können und dabei hilft ihr auch ihre Arbeit an den Favela Projekten. Deshalb ist er hier bei ihr, auch wenn er sich dessen bewusst ist, dass er dabei nicht so selbstlos ist, wie er vorgibt. Auch ihm hilft es, Bruna zu helfen. Damit Abstand zu bekommen zu all den Erlebnissen der letzten Monate. Dem Inferno auf Island, dem Tod von Marie, von Chuck und vielen anderen, dem ganzen Schlamassel um die gefundenen Diamanten und den Bedrohungen, die von ihnen ausgingen. Doch wenn er Bruna wie gestern von dem schicken Restaurant, wo sie wieder fast unbeschwert gelacht, das Essen und den Wein genossen haben, nach Hause bringt und sie still in seinem Bett liegt, ist noch etwas anders spürbar. Die leise Hoffnung, wieder lieben zu können und Geborgenheit zu erleben. Auch wenn ihm diese Gedanken immer noch wie ein Verrat an Marie vorkommen.

Er schaut nicht auf das Display und nimmt das Gespräch an: «Hola Guapa – tudo bem?»

«Sam? Bist du das?», hört er in der Leitung. Jetzt schielt er auf das Display. Er war überzeugt, Bruna ruft ihn an. Eine isländische Nummer.

«Ja – mit wem spreche ich?», antwortet er nach einem Räuspern.

«Ich bin es, John...», hört er eine zögerliche Stimme.

«John! Was für eine Überraschung. Was zum Teufel machst du in Island?»

«Lange Geschichte – deshalb rufe ich nicht an...», raunt John bedrückt.

Stille in der Leitung.

Sam fühlt die Anspannung von John und sofort zieht sich sein Magen zusammen. Er stellt sein Glas eiskaltes Bier, das er vom Tisch genommen hat, um mit John symbolisch anzustoßen, wieder zurück. Er sieht zu, wie die Tropfen von dem beschlagenen Glas rinnen.

«Sam?»

«Ja, John – warum rufst Du an?», fragt Sam ernst, immer noch die Tropfen an seinem Glas beobachtend.

«Ich habe furchtbare Angst, Sam...»

John erzählt Sam mit stockender Stimme, was sich ereignet hat. Dass er bei Emma in New York den großen Diamanten gesehen hat und sie beschworen habe, ihn Arik auszuhändigen, aber Emma nichts davon wissen wollte und er deshalb Arik davon erzählen musste. Wie der ihm und auch Emma und ihrer Tochter Hanna gedroht habe, wenn der Stein nicht bald bei ihm auftauche. Natürlich habe er Emma vorgewarnt und nun sei sie verschwunden. Einfach weg.

Sie seien alle in großer Gefahr. Emma, er, aber auch sie alle.

«Was erzählst du da? Wann war das – wann hast Du Arik informiert?», krächzt Sam. Er ist sich nicht sicher, ob es gerade ein Erbeben hier in Sao Paulo gegeben hat. Der Boden schwankt ihm unter den Füssen und er geht instinktiv vom Geländer von seinem Balkon im dreißigsten Stock zurück. Während Johns Bericht ist er auf dem großen Balkon herumgewandert, als könne er auf diese Weise leichter begreifen, was er zu hören bekommt.

In New York ist Emma also. Zu Arik ist sie geflogen, nachdem sie hochschwanger von zu Hause weggelaufen war. Nun hat sie sogar ihr Kind dort geboren. Tausend Gedanken schießen durch Sams Kopf. Wieso ist sie zu Arik in seine New Yorker Niederlassung gereist? Wieso hatten die beiden überhaupt Kontakt und wann hat das alles angefangen. Sam wird schwindelig von all den Möglichkeiten, die nun wie Donnerschläge in seinem Kopf hallen.

John erklärt, dass er vor drei Tagen bei Emma war und den Stein gesehen hat. Am nächsten Morgen habe er Arik darüber informiert und nachmittags Emma angerufen, bevor er für seinen Job nach Reykjavik geflogen sei. Nun habe er erfahren, dass Emma am selben Abend, an dem er sie informiert hat, nach London geflogen sei – offenbar mit Tochter und Stein. Und das versetze ihn nun echt in Panik. Ariks Geduld sei am Ende und Emma damit in Lebensgefahr. So wie er selbst und seine Familie, falls Arik herausfindet, dass er Emma gewarnt habe.

Sam versucht nachzurechnen. Vor zwei Tagen ist Emma nach London abgehauen. Dann ist sie wohl gestern Morgen dort angekommen. Jetzt ist bei ihm Mittagszeit, das heißt in London Abend. Sie ist also seit etwa sechsunddreißig Stunden in London und John seit vierundzwanzig in Reykjavik. Wenn er nach London reisen würde, wäre Emma bei seiner Ankunft bereits mehr als zwei Tage dort. Deshalb ist es fraglich, ob Ariks Leute sie bis dahin nicht längst aufgespürt haben. Würde es überhaupt Sinn ergeben, wenn er hinfliegt und probiert sie zu finden?

Doch Sam will zuerst alles verstehen, Er will von John wissen, wieso um alles in der Welt er Kontakt zu Arik hat und was er auf Island zu schaffen hat.

John beichtet also, dass er von Arik ein verlockendes Angebot erhalten habe und seither für das Syndikat arbeite.

Sam trinkt mit großen Schlucken das halbe Glas leer. Das herrlich kalte Bier ist fast so warm geworden wie der Schweiß, der ihm von der Stirn tropft.

«O.K. John. Du weißt schon, was für ein Riesenarschloch du bist? Von Emma ganz zu schweigen!», schnauzt er ins Handy und bevor John etwas erwidern kann, fährt er fort: «Du meldest dich morgen früh krank und gehst dann zu Jace und Piet, erzählst denen die Geschichte und ihr versteckt euch bis die Sache ausgestanden ist. Hast du das verstanden?»

«Ja, aber...», hört er und unterbricht John sofort.

«Nichts aber – ich fliege nach London, suche Emma und den verfluchten Stein und dann – wenn alles gut geht – treffe ich euch in Reykjavik. Ich brauche auch die Adresse von Emmas Eltern. Frag Jace danach und schick mir eine Textnachricht.»

Sam hört John schluchzen.

«Ich kümmere mich auch um deine Nancy und die Kinder. Obwohl ich nicht glaube, dass ihnen Gefahr droht – ich melde mich», fügt er mit versöhnlicher Stimme hinzu.

Eine Weile hört er noch dem Schniefen von John zu und beendet dann das Gespräch, ohne noch etwas zu sagen.

Die nächste Nonstop-Flugverbindung nach London ist um 16:05 Uhr. Damit würde er am nächsten Morgen um 7:00 Uhr Ortszeit ankommen. Sam flucht und linst auf seine Uhr. Den Flug könnte er noch schaffen. Wenn er ankommt, ist Emma bereits den dritten Tag in England. Es ist fraglich, ob er nicht zu spät kommen wird. Außerdem weiß er noch nicht einmal, wo er sie suchen soll? Oder wäre es besser, zuerst zu versuchen, Arik zu erreichen? Doch war der in New York oder schon in London? Wohl eher in London. Doch wo würde er ihn ausfindig machen können? Er würde Sue anrufen.

Als er den Flug gebucht hat, pfeffert er sein Handy in einer Mischung aus Verzweiflung und Wut in die Polster des Sessels und vergräbt sein Gesicht in den Händen.

Ein gutes Zeichen schießt Sam durch den Kopf. Wäre er echt ratlos und verzweifelt, wäre das Handy im hohen Boden über den Balkon geflogen und in dem sterilen Vorgarten des Condos zerschellt. Das hätte sicher die Wachen des eingezäunten Gebäudes aufgeschreckt. Die hätten nach oben geblickt und wohl geschmunzelt, in der

Vermutung, eine eifersüchtige Ehefrau habe wieder einmal die Mitteilungen ihres Mannes gelesen und sei darüber nicht amüsiert gewesen. Sowas kommt hier fast jeden Tag vor – nichts Ungewöhnliches. Sie hätten zu Sam hochgeschaut und ihm mitleidig zugenickt. Der Arme würde jetzt auf Knien versuchen sich zu erklären und gezwungen sein, wochenlang Blumen nach Hause zu bringen. Oder ihr sogar einen Diamantring zu kaufen, um sie zu besänftigen – das war schließlich immer noch billiger als eine brasilianische Scheidung. Darin unterscheiden sich die reichen Männer und ihre Familien nicht von ihnen. Sowas kommt auch bei ihnen mit ihren bescheidenen Einkommen vor. Die Beträge sind natürlich verschieden, das Vorgehen und das Resultat waren jedoch identisch.

Doch das ist jetzt nicht wichtig und auf Sams Lippen zeigt sich sogar ein kleines Lächeln. Sein Gehirn ist unglaublich, es findet immer einen Weg, mit Gedanken von den brennenden Fragen abzulenken, die wirklich zählen, die er aber nicht beantworten kann: Wann hat das alles endlich ein Ende? Wann wird er endlich wieder ein Leben haben?

Ein neuer Gedanke drängt sich in sein Bewusstsein. Eigentlich könnte er auch einfach hierbleiben, bei Bruna, und weiter versuchen sich etwas aufzubauen. Schließlich haben Emma und John sich selbst in diese Situation gebracht!

Verdammt noch mal. Können sie nicht einfach wie er selbst und Barbu dankbar sein für das Geschenk ihrer Rettung und das Geld, das sie obendrein noch bekommen hatten? Wann wird es ihnen genügen?

Doch da ist die Gewissheit, dass auch er, vielleicht sogar auch Bruna sich ihres Lebens nicht sicher sein können, solange dieser verfluchte Arik seinen Stein nicht hat, solange nicht endlich einfach alle mit dem Geld, das sie haben, zufrieden sind und einsehen, dass es besser ist, nie mehr in ihrem Leben jemals mit irgendeiner Menschenseele darüber zu sprechen.

Doch geht das überhaupt? Bei sich und Barbu hat er keine Zweifel, doch werden Emma, Jace und Piet das jemals einsehen?

Und wenn ja – wird sie das Syndikat mit ihrem Wissen um die Diamanten auf Island je in Ruhe oder wenigstens am Leben lassen?

Trotzig reißt er seinen Schrank auf, um seine Tasche zu packen. Er wird warme Kleider brauchen und einen klaren Kopf. Doch an Schlaf ist jetzt nicht zu denken, vielleicht später ein paar Stunden im bequemen Sessel der Business Class. Auf dem Weg zum Flughafen will er eine lange E-Mail für Bruna schreiben und ihr versuchen zu erklären, was er für sie empfindet, was für ihn im Leben zählt, wer er einmal war und zu wem er geworden ist. Auch, warum er jetzt so überstürzt nach Europa muss. Dafür muss er noch eine gute Erklärung finden. Je weniger Bruna weiß, umso besser.

Elf

Zur selben Zeit in London.

Sinclair sitzt auf einer Parkbank im kahlen Hyde Park in London, zieht seinen Schal enger und schließt den obersten Knopf seines Tweedmantels. Ungemütlich ist es hier, kalt und neblig und es dämmert bereits, obwohl es erst kurz vor vier Uhr ist. Er betrachtet zwei Grauhörnchen, die englischen Eichhörnchen, die mit ihren buschigen Schwänzen über das Gras hüpfen und ihn neugierig betrachten. Er ist nervös und fühlt sich müde. Doch bald würde diese Geschichte endlich ein Ende haben.

Vor zwei Tagen hat er den Anruf von seiner Tochter Emma erhalten und gestern hat er sie vom Flughafen Heathrow abgeholt. Sinclair hat geweint vor Glück, als er seine Enkelin zum ersten Mal in den Armen halten konnte. Seine Frau Ellis hat noch im Wagen hemmungslos geweint, als sie hinten mit Emma und Hanna saß. Sie war von dem Wiedersehen und vom Anblick der kleinen Hanna völlig verstört. Ellis, seine starke und vernünftige Frau, die immer so beherrscht war, ihre Gefühle kontrollieren konnte, war außer sich vor Freude und gleichzeitig von Angst erfüllt. Es dauerte ein paar Stunden Fahrt, bis sie mit einem Lächeln im Fond saß und immer wieder die kleine Hanna streichelte.

In der Nacht vor Emmas und Hannas Ankunft fand Sinclair keinen Schlaf. Auf einem großen Blatt Papier entwickelte er die Szenarien, wie er seine Tochter und Hanna aus diesem Schlamassel befreien könnte.

Bevor sie dann zum Flughafen fuhren, um Emma abzuholen, rief er seinen alten Freund Harry an. Sie kennen sich seit der Zeit am College. Harry war jahrelang für den englischen Geheimdienst tätig, nur als Analyst wie er immer betonte, doch was er da genau machte, hatte er ihm natürlich nie erzählen können. Mit knappen Worten beschrieb Sinclair ihm die Situation, soweit er sie von Emma kannte: Dass seine Tochter mit ihren Freunden Diamanten entdeckt hatte und sie diese an ein internationales Diamantensyndikat verkauft hatten, dass die Gruppe immer mehr vom Syndikat bedrängt wurde, weil sie nicht alle Steine ausgehändigt hatten. Nun sei ihr Leben in Gefahr. Harry hatte viele Fragen, doch er war sich auch bewusst, dass es besser war, wenn er nicht alles wusste.

Harry besitzt ein kleines Landhaus, ein Cottage, in Schottland in der Nähe von Glencoe in den Highlands. Er hat Sam geraten, sich mit Emma, Hanna und seiner Frau Ellis auf den Weg dorthin zu machen. Er hatte auch versprochen, sich bei seinen ehemaligen Kollegen zu erkundigen, was die beste Strategie wäre, um die Sache endgültig zu bereinigen.

Sinclair hatte aufgelegt und seufzend tief durchgeatmet. Die schwere Last, die er seit dem Anruf von Emma auf seiner Brust gespürt hatte, war gewichen. Harry wusste, was zu tun war. Er hatte ein gutes Gefühl dabei, wenn sie nicht einfach auszumachen waren von diesen Leuten, die bereits einmal bei ihnen waren und Ellis zu Tode erschreckt hatten, sie nicht einfach bei seinem Haus auftauchen konnten und dort auch Emma finden würden.

Kurze Zeit darauf, saß er im Landrover mit Ellis auf dem Weg zum Flughafen. Sie hatte nur das Nötigste eingepackt und Sinclair hatte seinen Nachbarn gebeten, ein paar Tage nach dem Haus und den Tieren zu sehen. Der war nicht schlecht erstaunt gewesen, denn wenn sie früher in die Ferien gefahren waren, hatte sie Monate vorher mit ihm gesprochen und ihn um seine Dienste gebeten. So kurzfristig hatte er sie nie abreisen sehen. Auch dass Sinclair auf seine Frage, wohin die Reise denn gehen würde, offenbar zuerst nachdenken musste und dann etwas von Cornwall und ein paar Tage am Meer gemurmelt hatte, kam ihm äußerst suspekt vor. Ein Ausflug ans Meer, jetzt wo die Winterstürme über die Küste brausten und es dort neblig feucht und menschenleer war?

Sie sind direkt vom Flughafen nach Norden gefahren. Fast zehn Stunden später sind sie über Glasgow in Glencoe angekommen. Dabei hatten sie nur zwei Mal angehalten, um zu tanken und um auf die Toilette zu gehen. Nach Glasgow hat der Verkehr deutlich abgenommen, doch die letzte Strecke in die Highlands war anstrengend und Sinclair musste sich zusammenreißen, um nicht hinter dem Steuer einzuschlafen. Ellis und auch Emma haben ihn immer wieder bedrängt, ihn beim Fahren abzulösen, doch er blieb stur. Der Landrover war nicht einfach zu fahren und schlingerte mit den groben Reifen auf der Autobahn. Er kannte den alten Wagen und wollte nicht riskieren, dass Ellis oder Emma damit im Graben landeten.

Auf der Fahrt haben sie nicht über die Situation oder das Geschehene gesprochen. Das hatte er mit Ellis so ausgemacht und so war es fast die ganze Fahrt still im Wagen. Nur wenn Hanna Hunger hatte oder wegen nasser Windeln quengelte, hörte er Ellis und Emma sprechen, mit liebevoller und warmer Stimme. Der liebevolle Umgang der stolzen Großmutter mit ihrer Tochter und der Enkelin verbreitete ein Gefühl von Normalität, auch wenn er wusste, dass Ellis wie er selbst auch sehr aufgebracht war über die Situation, in welche Emma sich und ihre Tochter gebracht hatte. Verstanden hat er kein Wort, dafür war das Hämmern des alten Dieselmotors zu laut.

Von Glencoe aus fuhr er über die A82 bis zu der Abzweigung Glen Etive. Ein kleines Tal mit einer schmalen Straße, die zum Cottage von Harry führte. Dort sollte er den Schlüssel unter einem Hortensienstrauch finden. Im Haus würde es Vorräte geben, denn Harry war vor zwei Wochen zum letzten Mal dort und hat vor seiner Abreise alles aufgefüllt.

Es war bereits dunkel, als sie von der Hauptstraße abgebogen waren. Kein Licht war zu sehen in dem abgeschiedenen Tal und im fahlen Mondlicht zeichneten sich die braunen mächtigen Hügel ab. Mit etwas Suchen und mithilfe des Navis auf den Handys fanden sie schließlich das kleine Cottage von Harry, versteckt von der Straße in einer Senke am Etiv River.

Im Haus war es bitterkalt. Sinclair hat das Feuer im Kamin entzündet und sie aßen die Reste der Sandwiches, die Ellis für die Reise vorbereitet hatte. Danach fielen sie erschöpft in die Betten und, sobald sich die klammen Wolldecken etwas erwärmt hatten, in einen tiefen Schlaf.

***

Heute Morgen hat Sinclair den Torf-Ofen nochmals tüchtig eingeheizt. Das kleine Steinhaus wurde gemütlich warm von dem getrockneten Torf, der die ganze Nacht geglüht hatte, doch er wollte, dass Hanna es richtig schön warm hat. Das Haus war einfach eingerichtet, mit einer offenen Küche, wo auch der Ofen stand, einem schmucken Wohnzimmer mit ausgestopften Hirschköpfen an der Wand und zwei bescheidenen Schlafzimmern im oberen Stock. Es gab sogar Strom und fließendes Wasser. Zur Toilette musste man allerdings in den kleinen Verschlag hinter dem Haus und dort gab es auch eine kleine Dusche mit einem elektrischen Durchlauferhitzer. Harry hatte ihm erzählt, dass er als Junge oft mit seinem Vater zur Jagd hierherkam und er sich immer wie versteckt von der Welt gefühlt hatte. Das traf es genau. Auf der Fahrt hatten sie kein anderes Haus gesehen und waren keinem Auto begegnet. Hinten im Tal gab es laut Harry noch ein paar Häuser, doch sonst befand man sich hier in völliger Abgeschiedenheit.

Nach dem Anfeuern ging er nach draußen. Die drei Frauen schliefen immer noch friedlich, als er mit ausgestrecktem Arm, um ein Handysignal zu finden, die Kiesstraße der Zufahrt hoch zu der schmalen Straße stapfte.

Skyfall – "Himmelssturz" – heißt die Gegend. Der Name passt ausgezeichnet, fand Sinclair. Die Wolken sehen aus, als wenn sie sich schwer auf den braunen Hügeln abstützten und jeden Moment ins Tal fallen könnten. Nebel stieg aus dem Bach, dessen weniges Wasser braun wie Guinness-Bier über die kantigen Felsbrocken gurgelte. Ein Ort, der Sinclair vorkommt, wie das Ende der Welt. Hier war Endstation, weiter konnte man nicht gehen.

Harry hat über seine alten Kontakte herausgefunden, dass Arik nicht mehr in New York, sondern auf dem Weg nach London war. Dort würde er am Mittag mit seinem Privatjet ankommen.

Er hat Sinclair eine Telefonnummer geschickt und vorgeschlagen, er solle sich einfach dort melden, sehen, ob es einen Weg aus der Situation gibt, und sich dann wieder bei ihm melden.

Auf der Suche nach einer stabilen Verbindung für sein Handy stapfte Sinclair in Gummistiefeln durch die feuchte Moorwiese. Er musste eine ganze Strecke auf der Straße laufen, bis sein Display schließlich zwei Striche anzeigte.

Mit zittrigen Fingern tippte er die Nummer an und nach langem Warten klingelte es endlich am anderen Ende. Zweimal hätte er während dieser Sekunden fast aufgelegt. Was sollte er diesem Arik eigentlich sagen? Und war es nicht ein Fehler, ihn überhaupt anzurufen?

Schließlich nahm Ariks Assistentin den Anruf über eine Satellitenverbindung im Jet an. Als sie verstanden hat, wer er war und worum es ging, versprach sie, Arik zu informieren, obwohl der ihr gegenüber in dem breiten Sessel zurückgelehnt saß und döste. Er würde sich melden. Arik habe sie angewiesen, den Privatjet zu buchen, nachdem er gestern erfahren hatte, dass Emma mit Tochter und Stein nach London reiste. Er wolle die Sache selbst bereinigen. Offenbar wolle ihr Chef nicht, dass seine Leute und damit das Syndikat von dem Stein erfuhren. Das kam ihr seltsam vor, doch Arik sei ihr Chef und würde wohl wissen, was er tut.

Sinclair rechnete sich aus, dass Arik sich wohl am späten Nachmittag bei ihm melden würde. Als er zurück zum Haus wollte, klingelte sein Telefon.

Eine unterdrückte Nummer wurde angezeigt. Es war Arik.

Er hat Arik erklärt, dass Emma bei ihnen in England angekommen sei und dass er nicht verstehe, warum er sie immer noch bedrohe, Emma hätte ihm die ganze Geschichte erzählt und er habe doch bekommen, was er wollte.

Dann erfuhr er von Arik von dem Stein und von dem Spiel, dass seine Emma mit ihm gespielt hatte. Sinclair ist fast das Handy aus der Hand gerutscht, als er das hörte. Arik hat ihn mehrmals fragen müssen, ob er noch in der Leitung sei. Nachdem er wieder ruhig atmen konnte, hat er einen Entschluss gefasst – ohne vorher noch Harry zu konsultieren. Er hat Arik erklärt, er persönlich werde ihm diesen verfluchten Stein bringen, wenn er ihm sein Wort geben könne, dass Emma und Hanna dann in Ruhe gelassen werden, von ihm und seinen Leuten. Arik hat ihm – unter Ehrenmänner, wie er betonte – sein Wort gegeben und sie hatten sich in London im Hyde Park verabredet. Er würde am Mittag in London ankommen. Sinclair bekam weiche Knie. Er war erleichtert, und gleichzeitig wurde ihm klar, dass er handeln musste. Dieser Arik war längst auf dem Weg nach England, um sie zu suchen.

Bevor sie sich verabschiedeten, betonte Arik, dass dies die letzte Chance sei, die Sache zu einem guten Ende für alle zu bringen. Falls er nicht allein komme, irgendjemanden davon erzählen oder ein Spiel spielen würde, hätte auch er die Angelegenheit nicht mehr unter Kontrolle. Und ob er das auch vollkommen verstanden habe. Sinclair bestätigte ihm mit stockender Stimme, dass er sich auf ihn verlassen könne. Danach hat Arik grußlos das Gespräch beendet.

Sinclair war eine gute halbe Stunde ohne Ziel die Straße entlanggewandert und hat in der fahlen Morgendämmerung die schweigenden Hügel betrachtet. Dutzende von winzigen Bächen rauschten glitzernd die Hänge herunter in den kleinen Fluss. Ein paar Vögel waren stumm über ihn hinweggeflogen. Die brachiale Stille der Landschaft, die sich vor Jahrmillionen gebildet hatte und wohl, wenn sie alle nicht mehr existierten, in ein paar Jahrtausenden wieder von einer kilometerdicken Eisschicht bedeckt sein würde, hatte ihn ruhiger werden lassen. Auch wenn er sich inmitten dieses imposanten Tals fühlte wie eine kleine Ameise, die auf einem riesigen Bären herumkrabbelt. Das Tier spürte ihn nicht einmal und seine Existenz, seine Sorgen waren ihm völlig egal.

Er war zurückgestapft und mit jedem Schritt, den er dem Haus näherkam, in dem seine Familie und seine neugeborene Enkelin friedlich schliefen, wurde sein Plan, seine feste Absicht, klarer.

Er hat leise mit Ellis in der Küche gesprochen, die versteinert seinen Neuigkeiten zuhörte. Nach einem leisen Seufzer setzte sie stumm Kaffee für sie beide auf. Vor den dampfenden Tassen sitzend, verriet sie ihm von ihrem eigenen Plan. In all den Jahren ihrer Ehe hat er Ellis als unerschrockene und starke Frau erlebt. Natürlich war sie eine besorgte Mutter und hat oft unter den Abenteuern ihrer Tochter gelitten. Doch immer wenn es ernst wurde, wie damals, als sie durch die Bankenkrise fast ihr Haus verloren hatten, zeigte sie die Entschlossenheit eines Generals.

Nach dem Gespräch zog sie sich an und packte auch Hanna warm ein. In der Küche streckte sie ihm mit entschlossenem Blick die offene Hand entgegen. Er gab ihr den Schlüssel des Land Rovers und kurz darauf hörte er sie mit Hanna über die Straße davonfahren.

Keine fünf Minuten später kam Emma die Treppe herunter.

«Wo ist Hanna? Hat Mama sie aus dem Bett genommen?», hat sie verschlafen gefragt.

«Deine Mutter ist mit Hanna weggefahren», hat er seiner Tochter mit ruhiger Stimme erwidert und Emma mit festem Blick angesehen.

Emma hat ihn mit offenem Mund entgeistert angestarrt.

«Anders bist du offenbar nicht zur Vernunft zu bringen – da muss ich Ellis zustimmen.»

Emma war für einen Moment völlig konsterniert und fragte dann: «Ich verstehe gar nichts – was hat Mama gemacht?»

«Sie ist mit deiner Tochter weggefahren, bis du zur Vernunft kommst», hat er geantwortet.

«Ich habe heute Morgen mit diesem Arik gesprochen, um den Schlamassel, in den ihr euch alle und nun auch unsere Enkelin gebracht habt, zu lösen.

Emma hat sich wortlos auf den Stuhl gesetzt und ihn immer noch verständnislos angestarrt.

«Du wirst mir jetzt diesen Diamanten geben und ich werde damit nach London fahren, um ihn Arik zu übergeben. Dann hat das Ganze ein Ende, hat er mir versprochen», forderte er von seiner Tochter.

«Wenn du mir den Stein gebracht hast und mit meinem Plan einverstanden bist, werde ich deine Mutter anrufen und sie wird mit Hanna zurückkommen», fügte er mit harter Stimme hinzu und suchte den Blick seiner Tochter, die vor ihm am Tisch saß und vor sich auf seine leere Kaffeetasse starrte.

Dann hat sie die leere Tasse ihrer Mutter vom Tisch gefegt und geschrien wie nur eine Mutter schreien kann, der man ihr Kind weggenommen hat. Genau das war die Absicht von Ellis: Emma sollte spüren, was sie mit ihrer Gier nach dem Stein und ihrem verrückten Verhalten bewirkte. Sie brachte nicht nur sich und ihre Eltern in Gefahr, sondern auch ihre kleine Tochter. Er hat sie toben lassen und sie mit festem Blick angesehen.

«Du rufst sofort Mama an und sagst ihr, sie soll mit Emma zurückkommen!», schrie sie und hämmerte auf den Tisch.

«Wenn du weiter deine irren und völlig egoistischen Ideen verfolgst und allen Ernstes meinst, du könntest dich mit einem internationalen Syndikat anlegen, werden wir dich nicht aufhalten – doch...»

«Doch was?», hat Emma ihn angeschrien. Rotz und Tränen liefen ihr über das Gesicht und sie starrte ihn an wie eine Wölfin, die ihre Welpen verteidigt.

«Doch wir werden nicht zulassen, dass du Hanna – deine kleine Tochter – da mit hineinziehst und wir am Ende unsere Tochter und unsere Enkelin verlieren», hat er ihr ungerührt erklärt.

«Ganz zu schweigen davon, dass du mit deiner Verblendung auch mich und Ellis in Gefahr bringst – ist das jetzt klar für dich?» Bei den letzten Worten war er immer lauter geworden, hat ihr die Frage ins Gesicht geschrien und sie am Handgelenk gepackt.

Darauf ist Emma aufgesprungen und hat sich losgerissen. Dann ist sie schniefend durch die Küche gewandert und hat sich dabei die geballten Fäuste an die Schläfen geschlagen.

«Kind – was ist nur mit dir geschehen? Wo kommt diese Gier her? Ich verstehe deine Idee, diese Welt zu einem besseren Ort zu machen, wie du mir erzählt hast. Doch das ist der falsche Weg…», hat er sie zu beruhigen versucht.

Doch Emma hat sich die Ohren zugehalten und den Kopf geschüttelt.

«Dann musst du gehen – ohne deine Tochter. Ich liebe dich, doch dann kann ich nichts mehr für dich tun», hat er ihr leise erklärt und dabei hat ihm sein Herz bis zum Hals geschlagen. Inständig hat er gehofft, seine Tochter würde zur Vernunft kommen und auf Ellis vertraut. Nie hätte er seine Tochter einfach wegschicken können.

Doch Ellis hat recht behalten mit ihrem Plan. Emma hat sich langsam etwas beruhigt und sich keuchend an den Tisch gesetzt. Minutenlang hat sie schniefend vor ihm gesessen und den Kopf geschüttelt. Er hat gespürt, wie die Gedanken in ihrem Kopf rasten, und er hat sie nicht aus den Augen gelassen.

Dann hat sie aufgesehen und den Mund geöffnet.

Wie es schien, hat sie die Entschlossenheit in seinem Blick gesehen, denn ihr Mund klappte wortlos wieder zu.

Dann ist sie aufgestanden und als sie von oben wieder in die Küche kam, legte sie den Beutel vor ihm auf den Tisch und sagte mit leiser Stimme:

«Das werde ich euch nie verzeihen können...»

Er zog sein Handy aus der Tasche und blickte sie sanft an, während er auf die Verbindung wartete.

«Du kannst zurückkommen – wir sind soweit», war alles, was er sagte. Emma ist aufgestanden, nach oben gegangen, um sich anzuziehen.

Kurze Zeit später ist Ellis mit Hanna zurückgekommen und mit Emma im Schlafzimmer verschwunden. Von oben hörte er Emma toben, weinen und Ellis ruhig sprechen. Er hat sich nicht weiter um seine Tochter kümmern können und konnte nur hoffen, sie würde beginnen zu verstehen und dass ihre Mutter sie zur Vernunft bringen konnte.

Er ist in den Land Rover gestiegen, um nach London zu fahren. Unterwegs würde er noch Harry anrufen und dann in den Hyde Park. Kaum war er auf der Schnellstraße, gab er kräftig Gas. Es war fast acht Uhr und er musste sich beeilen, wollte er um 16.00 in London sein.

***

Nun sitzt er auf der Parkbank nahe dem Speaker Corner und spürt wie seine Spannung ansteigt. Einen Mann mittleren Alters, der auf dem schwarzen, feuchten Gehweg auftaucht, betrachtet er angestrengt. Ist es Arik? Nein – er biegt ab und geht mit ruhigen Schritten zum Ausgang des Parks.

Eine elegante Dame in einem Business-Anzug und beigem Kaschmir-Mantel geht zielstrebig auf die Bank von Sinclair zu. Er wendet sich ab und blickt auf die Uhr. 16:04 – was soll er tun, wenn Arik nicht auftaucht? Was, wenn das Ganze eine Falle ist? Harry hat ihn gestern Abend eindringlich gewarnt, alleine zu diesem Treffen zu fahren, doch Sinclair hat dessen Angebot, ihn zu begleiten und zumindest im Hintergrund das Geschehen zu beobachten und allenfalls die Polizei zu rufen, abgelehnt. Das Risiko schien ihm zu groß, doch jetzt ist er sich nicht mehr sicher, ob das eine kluge Entscheidung war.

«Sinclair?» Die Dame in dem Kaschmir-Mantel ist bei ihm angekommen und setzt sich neben ihn auf die Bank. Er hat Arik erwartet und nun schickt er seine Sekretärin oder wer ist diese elegante Frau? Sinclair glotzt sie verwundert an. Sie erwidert mit einem Lächeln.

«Ich verstehe, dass Sie verwirrt sind, Sinclair. Ich bin Sue Bird – die Assistentin von Arik», sagt Sue leise. Dabei schaut sie sich interessiert um. Hinter ihnen ist eine Mauer und sie wären höchstens durch die kahlen Bäume von einem der Gebäude hinter ihnen sichtbar.

«Ja – ich erkenne ihre Stimme, Sue. Was ist passiert? Wo ist Arik?», fragt Sinclair besorgt, rutscht etwas nach vorne auf der Bank und folgt Sues forschendem Blick.

Sue legt eine Hand auf sein Bein, wie um ihn am Aufstehen zu hindern. Sinclair folgt verwirrt ihren Blicken durch den Park. Es hat zu nieseln begonnen und die wenigen Menschen auf den Gehwegen laufen zielstrebig vorbei. Kein Mensch, der auffällig herumschlendert oder in der Nähe zufällig auf einer Bank sitzt.

«Ich habe nicht viel Zeit, Sinclair. Arik ist verhindert und deshalb bin ich an seiner Stelle gekommen, um ihr Paket in Empfang zu nehmen», sagt Sue ruhig und sieht ihm nun direkt in die Augen.

«Aber wie kann ich sicher sein, dass alles so in Ordnung ist und wir alle damit endgültig in Sicherheit sind?», versucht Sinclair zu ergründen, doch Sue hebt ihre Hand, um seine Fragen zu stoppen.

«Sie müssen mir vertrauen, ob sie wollen oder nicht. Es geht nicht anders und wir haben keine Zeit. Die ganze Angelegenheit hat Dimensionen angenommen, von denen sie nichts wissen möchten. Ich muss in zehn Minuten bestätigen, dass die Übergabe geklappt hat – sonst fürchte ich, verlieren wir definitiv die Kontrolle und ich kann nichts mehr für Sie tun.»

Sinclair blickt ihr ein paar Sekunden tief in die Augen. Ist das ein Bluff? Doch Sues Augen flackern nicht im Geringsten und sie hält ruhig seinem Blick stand. Wie zur Bestätigung auf seine unausgesprochene Frage, verneint sie kaum sichtbar mit Kopfschütteln seine Zweifel.

Sinclair greift neben sich die kleine Sporttasche und stellt sie zwischen sich und Sue. Sie zieht den Reißverschluss auf, öffnet in der Tasche den Samtbeutel und blickt hinein. Obwohl Sue den Stein auf Bilder von den Überwachungskameras in Emmas Apartment gesehen hat, beginnen ihre Augen zu glitzern.

Sinclair betrachtet Sue aufmerksam und meint: «Ja – er ist sagenhaft riesig… und er und seine kleineren Kumpane haben schon einige Leben gefordert. Seien sie vorsichtig und denken sie nicht einmal daran.»

Sue schließt mit einem Ruck den Reißverschluss der Tasche und entgegnet: «Machen Sie sich keine Sorgen um mich, Sinclair. Auch um die Sicherheit Ihrer Familie und die kleine Hanna sollten sie sich nun keine Gedanken mehr machen. Vorausgesetzt…»

Sinclair starrt Sue mit hochgezogenen Augenbrauen fragend an.

«Lassen Sie mich Ihnen einen Rat geben und der gilt auch für Emma. Man wird Sie weiter beobachten und es sind NICHT die Leute von unserem Syndikat. Niemand von Ihnen darf mit irgendjemandem jemals über diese Steine sprechen. Verhalten Sie sich unauffällig und schärfen Sie vor allem Emma ein, mit ihrem Geld sehr vorsichtig umzugehen, um keine Aufmerksamkeit von Behörden auf sich zu lenken – das wäre fatal.»

Sinclair sieht Sue immer noch verwundert an.

«Haben Sie mich verstanden, Sinclair? Ich meine es gut mit Ihnen. Befolgen Sie meinen Rat.»

Sinclair nickt gedankenabwesend. Was geht hier vor? Soll er Harry davon erzählen?

Sue steht auf und klopft ihm freundschaftlich auf die Schulter. Dann geht sie mit schnellen Schritten in Richtung Ausgang, ihr Handy mit der Schulter an ihr Ohr gepresst.

«Auf Wiedersehen...», murmelt Sinclair ihr nach.

Gut eineinhalb Stunden später beginnt am Flughafen São Paulo-Guarulhos das Boarding für

Flug 246 von British Airways nach London Heathrow. Am nächsten Tag um sieben Uhr zehn Ortszeit wird Sam dort landen.

Zwölf

m nächsten Morgen: Sam ist vor einer Stunde in London gelandet und John sitzt in seinem Hotelzimmer in Reykjavik.

«O.K., das mache ich», raunt John mit einem gespielten Hüsteln in sein Handy. Er hat soeben seine Kollegen des Konsortiums informiert, dass er sich erkältet habe und mit Schüttelfrost im Hotel liege. Eigentlich hätte er heute mit dem Geologen die weitere Strategie für Bohrungen besprechen und dabei kleinere Steine beurteilen sollen, die ausgegraben worden waren. Doch das hatte Zeit. Jedenfalls war das Gespräch sehr offen und normal. John hatte nicht den Eindruck, dass die Leute vor Ort irgendwelche Nachrichten von Arik erhalten haben, doch Arik hätte auch nie etwas durchsickern lassen. Falls er auf der Abschussliste steht, würden sich andere um sein Verschwinden kümmern. Dafür würde er seine Killer schicken und die sind vielleicht schon auf dem Weg zu ihm. Deshalb ist er auch nicht beruhigt, als er in seinen Daunenanorak schlüpft und die warmen Stiefel schnürt. Herumsitzen ist keine Option – er will Jace und Piet aufspüren. Laut den Informationen von Ariks Leuten haben sie eine von der Katastrophe unversehrt gebliebene Lagerhalle eines Fischfängers gemietet und dort ihre Tauchbasis gegründet.

«Hallo, ist da jemand? Jace? Piet?», ruft John in die düstere Lagerhalle. Er hat sich über den Hinterausgang aus dem Hotel geschlichen und ist die zwanzig Minuten zum Hafen gelaufen. Gefolgt war ihm niemand, soweit er das beurteilen konnte. Die Straßen waren leer und ein schneidender Wind hat Regen mit Graupel auf ihn eingepeitscht. Die Kapuze fest zugezogen, stapfte er so an die Rastargata, wo früher die Walbeobachtungsschiffe um Kunden warben.

Der alte Hafen gleich bei der Harpa, der Oper, war nach der Katastrophe der Vulkanausbrüche vor fast neun Monaten immer noch übel zugerichtet. Kräne und Bagger reißen baufällige Mauern ein und verladen Schutt auf Lastwagen. Im Hafenbecken liegt wie immer das U-Boot der Küstenwache und die Fregatte, die normalerweise die Fangquoten der Fischtrawler überwacht. Am Quai schaukeln und zerren wenige intakte Boote and ihren Trossen und auf einigen ist Licht zu sehen. Die Isländer, die das Inferno auf See mit ihren Boten heil überlebten, haben hier ihr verbleibendes Zuhause gefunden. Von Touristen ist nichts zu sehen. Ein paar Journalisten-Teams ziehen mit ihren

Kameras herum. Sie berichten Immer noch aus der zerstörten aber im sich rasanten Wiederaufbau befindenden, nördlichsten Hauptstadt der Welt berichten. Allerdings ist das Interesse der Informationsgesellschaft stark am Schwinden. Es gibt aus anderen Orten der Welt genügend menschliche Schicksale oder katastrophale Ereignisse, über welche die Medien berichten können, um die Zuschauer zu unterhalten.

Hinten in der kleinen Halle sieht John einen kleinen Container, aus dem Licht dringt. An den Wänden hängen Neoprenhauben und -handschuhe, davor stehen Kisten mit Masken und Flossen. John blickt nach oben und sieht an langen Stangen Trockentauchanzüge hängen. Ein leichter Schauer läuft über den Rücken. Die Anzüge sehen aus wie aufgehängte Menschen, wie Rinderhälften in einem Schlachthof hängen sie da. John schätzt, dass hier Ausrüstung für fünfzig Taucher herumhängt. Haben die beiden tatsächlich vor, den Tauchbetrieb wieder aufzunehmen? Er schüttelt den Kopf. So wie Reykjavik aussieht, wird es vielleicht noch Jahre dauern, bis sich Touristen wieder hierher trauen. Doch vielleicht sind ja die Leute aus der Tauchergemeinschaft auch anders gestrickt als die Busrundreise Touristen und kommen genau wegen der Zerstörung wieder. Um einen Kick zu erleben, in den Sozialen Medien Bilder von sich und einer zerstörten Umgebung zu posten. Wie damals nach dem Tsunami in Thailand, gibt es genügend Leute, die sich brüsten, das Grauen mit eigenen Augen gesehen zu haben.

Als John an den Container tritt, sieht er Jace und Piet drinnen in Unterziehern um einen schmalen Tisch sitzen, auf dem einige leere Bierdosen stehen. Er klopft ans Fenster und sofort schießt Jace von seinem Stuhl hoch. Da John sich im dunklen befindet, ist er von Innen kaum zu sehen. Jace öffnet die Tür des Bürocontainers und blendet ihn mit seiner Stirnlampe. In der Hand hält er einen großen Schraubenschlüssel.

«Hey, alles gut, Jace – ich bin's, dein Cousin John», grummelt John mit instinktiv erhobenen Händen.

«John?», fragt Jace ungläubig. Er hat den Mann mit der zugeschnürten Kapuze nicht sofort erkannt.

«Ja – verdammt – ich bin's.»

Polternd lässt Jace seine Bewaffnung fallen und umarmt John stürmisch. Seine Bierfahne schlägt John ins Gesicht.

«John! Mann, wie gut dich zu sehen. Komm rein – es gibt viel zu erzählen», krächzt Jace mit rauer Stimme und zieht John hinter sich her in den Bürocontainer.

Drinnen ist es stickig warm und Zigaretten-qualm hängt in der Luft. John will sich aus dem Anorak schälen, da wird er auch von Piet umarmt und auf die Schultern geklopft. Der längliche Container von etwa acht auf drei Meter ist kärglich eingerichtet. In einer Ecke gibt es einen Heizlüfter, der offenbar auf maximaler Leistung läuft. Darüber hängen die Tauchausrüstungen der beiden, die für die feuchte, stickige Luft sorgen. Ein mit Papier übersäter Schreibtisch mit einem Laptop. Ein Schrank und daneben ein Regal, auf dem ein Was-serkocher steht. Außerdem ein paar Packungen asiatischer Nudelgerichte zum Anrühren, Zigaret-tenpackungen und der Biervorrat. Kein Bild an der Wand und von der Decke hängt eine nackte Glüh-birne. Offenbar schlafen die beiden auch hier. Es gibt zwei einfache Gitterrostbetten und einen wa-ckeligen Tisch dazwischen mit Plastikhockern. Eine trostlose Bude, doch den beiden scheint es zu genügen.

Nachdem er sich auf einen der Hocker gesetzt hat, schauen sich alle grinsend an, nicken und schütteln den Kopf im Wechsel. Ihre Erinnerungen kommen hoch, als wenn ein Film zum Anfang zurückgespult wird und dann in hoher Geschwindigkeit abgespielt wird. Piets Film erscheint vorerst beendet, er richtet sich auf, geht zum Kühlschrank und öffnet zischend eine Dose Einstöck, die er dann mit einer auffordernden Kopfbewegung vor John auf den Tisch stellt.

«Erzähl, Cousin. Wie ist es dir ergangen? Wir haben, seit du damals nach der missglückten Übergabe in Zürich nach Hause gereist bist, nicht mehr geredet», fordert Jace John auf und klackt mit seiner Dose an die Dose in Johns Hand.

«Gleich – aber ihr zuerst. Was zum Teufel macht ihr hier? Habt ihr euren Tauchshop eröffnet? Aber Kunden habt ihr kaum, nehme ich an?», erwidert John und nimmt etwas widerwillig einen kleinen Schluck Bier.

«Da hast du recht, doch die werden kommen und dann sind wir die Ersten, die wieder Tauchtouren anbieten können. Wir haben andere Tauchplätze lokalisiert, die wir anbieten können. Die Silfra-Spalte gibt es ja nicht mehr», gluckst Piet mit einem selbstbewussten grinsen.

«Und dann haben wir da noch ein anderes Projekt. Musst du dir unbedingt ansehen. Im Moment helfen wir noch den isländischen Behörden aus... Wir sind auf deren guten Willen angewiesen. Sonst müssten wir wohl Jahre auf die Geschäftslizenz warten. Ein echter Scheißjob, sag ich dir!», ergänzt Jace. Dabei wechselt seine Miene wie der isländische Himmel von Sonnenschein zu trübem Grau.

«Und was macht ihr für die Behörden?», fragt John erstaunt.

«Leichen bergen...», raunt Piet finster und lacht leise als er Johns erstaunte Mine sieht.

«Leichen bergen? Meint ihr aus dem Wasser oder wo?»

«Ja, mein Freund. Das war das Preisschild an der Lizenz und an dieser Halle. Es gibt ja nicht vieles, was noch steht... Es ist ein Anfang. Und die Halle ist zweckmäßig. Im hinteren Bereich gibt es eine große Kühlkammer, in der früher die Fische gelagert wurden», erläutert Jace.

John schüttelt entgeistert den Kopf, was die beiden sehr amüsiert und anregt, ihm den Job genüsslich ausgeschmückt zu erzählen.

Die beiden erzählen, dass der Tsunami, den die Schlammlawine vom Langjökull über Reykjavik donnern ließ, tausende Menschen in die Bucht gerissen hat, und wenn sie nicht schon vorher zermalmt waren, sind sie dort ertrunken.

Im kalten Wasser setze der Fäulnisprozess später ein. Deshalb kommen die Leichen nicht so rasch an die Oberfläche. Der Fäulnisprozess werde extrem verlangsamt, weshalb die Körper für Monate auf dem Grund blieben oder je nachdem, wie viel von ihnen von Krebsen und Fischen abgefressen wurde, auch gar nie auftauchen. Die Körper könnten auch durch Fettwachsbildung – eine Art Verseifung des Körperfetts – konserviert werden.

John schüttelt sich, verzieht das Gesicht und bemüht sich, die aufsteigende Übelkeit herunterzuschlucken.

«Ja, ja – ich weiß und ich kann dir sagen, es ist kein schöner Anblick. Meist sind die Körper so schwammig, dass wir gezwungen sind, sie zuerst in ein Netz einzuwickeln, um sie ganz bergen zu können. Seit Wochen machen wir das jetzt, zusammen mit den Tauchern der Armee. Da schläfst du nicht mehr, ohne vorher genügend Alkohol getrunken zu haben», raunt Piet und verzieht ebenfalls den Mund.

«Doch bald haben wir das hinter uns. Nächste Woche soll Schluss sein für uns und dann geht es an unser Projekt», ergänzt Jace.

«Willst du sie sehen? Da hinten im Kühlhaus liegen noch ein paar Dutzend. Alles Ausländer. Die Isländer können die Behörden rasch identifizieren», fragt Piet, um nicht das Thema zu wechseln und John doch noch ein wenig zu grausen, und fährt fort:

«Die Behörden haben von fast allen Isländern die genetischen Daten. Deshalb geht es bei denen meist schnell. 1996 hatte Kari Stefansson, ein Professor aus Boston, die Firma deCODE Genetics gegründet. Er versprach geklärte Verwandtschaftsverhältnisse und dass man den Zusammenhang zwischen Genen und Krankheit aufdecken will. Zwei Jahre später wurden deCODE alle isländischen Patientenakten per Gesetz – der damalige Ministerpräsident war ein Schulkamerad von Stefansson – zur Verfügung gestellt. Das Gesetz wurde zwar später vom höchsten Gericht wieder einkassiert, aber das Projekt blieb populär: 140 000 Isländer stellten Blutproben und Daten freiwillig zur Verfügung – fast fünfzig Prozent der Bevölkerung. Was deCODE genau mit den Daten alles macht und wie viel Geld damit verdient wird, ist bis heute unklar.»

John wedelt entsetzt mit den Händen und schüttelt den Kopf: «Nein danke. Das ist ja grausig. Unfassbar...»

«Tja, mein Lieber – so ist das Leben», bemerkt Jace ironisch, nimmt eine goldene Rolex vom Tisch und dreht sie versonnen in der Hand.

«Und mit deinem Anteil an den Diamanten hast du dir eine goldene Uhr gekauft, statt ein richtiges Bett?», schnaubt John.

«Nein, nein, Cousin. Das würde ich nie tun. Das Geld brauchen wir für etwas viel Größeres. Zeigen wir dir gleich. Die Uhr habe ich einer Leiche abgenommen. Er braucht sie nicht mehr», erklärt Jace.

«Zumindest nehme ich an, es war ein Mann. Viel konnte man nicht mehr erkennen und ich hatte Mühe mit der Uhr nicht gleich die ganze Hand in meine Tasche zu packen», ergänzt er amüsiert, als er Johns angewidertes Gesicht sieht.

«Aha... du warst noch nie zimperlich», bemerkt John mit einem missglückten Versuch zu lächeln. Er verkneift sich zu äußern, was er wirklich darüber denkt. Schließlich ist er nicht hier um sich zu streiten, sondern um den beiden ihre Lage klarzumachen.

«Komm mit», fordert ihn Jace auf, springt vom Hocker und geht zur Tür, von wo aus er John und Piet auffordernd zunickt.

«Das wird dir besser gefallen. Komm mit – es ist einfach wunderbar. Versprochen», raunt Piet John zu und deutet mit dem Kinn in Richtung von Jace.

Kurze Zeit später stehen sie vor einem Meerwasserbecken, das in die Halle reicht, in der wohl früher die Trawler ihre Ladung löschten. Jace betätigt einen Schalter und an der Decke flammen Scheinwerfer auf. Das Becken ist sicher fast fünfzehn Meter tief und wird vom Hafenbecken mit einem riesigen Rollladen bis auf den Grund abgetrennt.

Darin schaukelt sanft ein Ding, das aussieht wie eine Bohrinsel, von der nur das oberste Stockwerk aus dem Wasser ragt und an deren Rand bewegliche Plattformen wie Blütenblätter befestigt sind.

Jace erklärt stolz, dass es sich hierbei um das Modell im Maßstab 1:20 von ihrem ersten Unterwasserhotel handle. Er zieht das Modell an einer Trosse an den Rand, damit John hineinsehen kann. Er drückt auf einen Schalter und das Licht im Inneren des Zylinders geht an. Man sieht, dass in der Mitte ein Schacht bis zum untersten der fünf Stockwerke führt. Auf den Ebenen scheinen Zimmer im Kreis angeordnet zu sein mit Fenstern nach außen und in den Lichtschacht.

Im untersten Stockwerk seien die Küche, die Technik und die Tauchschleuse untergebracht. Von den Zimmern aus, welche in einer Tiefe von drei bis fünfzehn Metern liegen und die den Gästen durchaus einen atemberaubenden Blick auf die Unterwasser Welt bieten, würde man direkt über eine Treppe zur Schleuse gelangen und von dort aus Tauchgänge unternehmen können, erklären die beiden mit glänzenden Augen.

«Wow..», staunt John fasziniert. Der Anblick des vor ihm schaukelnden Dings verschlägt ihm die Sprache.

«Da staunst du. Wir werden damit Geschichte schreiben und reich werden», gluckst Piet stolz schmunzelnd.

«Zweifellos! Doch was kostet es denn, so ein Ding in Originalgröße bauen zu lassen? Und wie lange dauert so was? Es wird wohl nicht einfach sein und wird auch einige Kinderkrankheiten haben, die ausgemerzt werden müssen. Schließlich hat noch nie jemand so was gebaut.», referiert John, der nach der Überraschung seine Fassung wiedergefunden hat. Sowas hat er seinem Cousin und Piet, nachdem er gesehen hat, wie schlampig sie leben, nun doch nicht zugetraut.

«Bingo, mein Lieber. Das ist der wunde Punkt. Wir haben zwar eine Werft ausgemacht, die so was kann und die uns auch das Modell gebaut hat, doch dabei ist die Kohle auch draufgegangen.», erklärt Jace mit einem Augenzwinkern.

«Wie, das ganze Geld der Diamanten habt ihr dafür ausgegeben?»

«Ja – wir hatten auch ausgemacht, es nicht für tolle Autos oder so einen Kram auszugeben. Aber wir haben auch nahezu eine Lösung für die Finanzierung. Das fertige Hotel wird nämlich zwischen hundertzwanzig und hundertfünfzig Millionen kosten. Euro wohlverstanden, doch da sind wir noch am Verhandeln», erklärt Jace mit souveräner Stimme, als wenn er in den letzten Monaten vom Tauchguide zum visionären Unternehmer geworden wäre.

«Nun ja – wir können ja schlecht zu einer Bank gehen... Wir haben Arik gefragt, der hat ja jede Menge Investoren in seinem Syndikat, und – er war nicht abgeneigt», erklärt Piet stolz.

Johns Kiefer klappt nach unten und sein Gesicht schimmert feucht in dem grellen Licht.

«Wann war das?», fragt er keuchend.

«Vor ein paar Tagen. Was machst du denn für ein Gesicht, John? Arik war nicht gerade begeistert, aber auch nicht abgeneigt. Wir haben ihm nur erklärt, dass wir uns schlecht mit unserem Wissen zu einer Bank oder zu einem Venture-Capital Fond

wenden können – das wäre ja nicht im gegenseiti-
gen Interesse – und da hat er versprochen, sich
bald zu melden», erklärt Piet nun im gleichen jovi-
al aufgesetzten Unternehmerton.

John wendet sich wortlos um und stapft zum
Bürocontainer zurück. Die beiden schauen einander verblüfft an. John war schon immer ein Hasenfuß, aber die Sache betrifft ihn doch gar nicht.

Im Büro angekommen, blicken sie immer noch
erstaunt zu John, der immer noch keuchend auf
einem der Hocker sitzt und ihnen seine Dose ent-
gegenhält.

«Kann ich noch eine bekommen», fragt John,
ohne sie anzusehen.

Jace geht zum Kühlschrank und reicht ihm eine
neue Dose. John reißt den Verschluss auf und
leert sie halb in einem Zug. Dann zischelt er:

«Ihr habt keine Ahnung, in was für eine Scheiße
ihr euch manövriert habt.»

Er erklärt den beiden, dass er mittlerweile für Arik als Chef–Gemmologe arbeite.

Nun ist er es, der in verblüffte Gesichter guckt.

Er lächelt schief und blickt den beiden nacheinander in die Augen. Das hätten sie ihm nicht zugetraut, ihm, dem Hasenfuß, dem Bürohengst, für den sie ihn hielten. Doch sein Triumph ist getrübt, schließlich bringen die beiden «visionären Unternehmer» auch ihn und alle anderen der Tauchtruppe in Gefahr.

«Vor drei Tagen habe ich Emma in New York angerufen und ihr dringend geraten, ihre Tochter Hanna einzupacken und aus Ariks Apartment abzuhauen», beginnt John zu erzählen.

«Emma ist in New York? Und....Hanna? Hat sie unser Kind dort geboren? Und...», schreit Jace auf und springt von seinem Hocker.

John unterbricht Jace' Frageschwall mit einer herrischen Handgeste.

«Setzt dich wieder. Du Idiot hast, statt dich um deine Frau zu kümmern und bei der Geburt eurer

Tochter anwesend zu sein, hier nach Leichen getaucht und...»

Jace scheint ihm gar nicht zuzuhören und probiert die Information, dass er Vater geworden ist, zu begreifen. Piet hingegen kaut an seiner Unterlippe und ahnt, was John andeutet.

«Und?», fragt er lakonisch.

«Und ihr habt, nachdem ihr euer Vermögen ausgegeben habt für euren... Traum – nennen wir es so – tatsächlich versucht noch mehr Geld zu erpressen. Und nur so nebenbei: Ihr seid bereits reich gewesen, Betonung auf gewesen, aber das ist eine andere Sache. Ebenso habt ihr wer weiß wen alles neugierig gemacht, was die Finanzierung eures Projekts betrifft. Doch auch das tut nichts zur Sache. Ihr habt doch tatsächlich die unsägliche Dummheit begangen, euch auch noch mit Arik und dem Syndikat anzulegen. Habt ihr eigentlich auch nur den Hauch einer Ahnung, mit wem ihr euch da anlegt?», doziert John mit lauter Stimme und mit ausgestrecktem Zeigefinger abwechselnd auf Jace und Piet deutend. Auch er ist aufgesprungen und in Fahrt gekommen.

Es ist totenstill in dem Container. Selbst der Heizlüfter und der Kühlschrank scheinen zu versuchen, durch ihr Summen nicht aufzufallen. Jace steht wie eingefroren vor John und scheint durch ihn hindurch zu starren.

Piet sitzt auf seinem Hocker, die Hand mit der Bierdose, von der er sich einen Schluck genehmigen wollte, ist durch Johns Standpauke in der Bewegung erstarrt. Nach einem Moment richtet er sich langsam auf und verspürt den Impuls, John einen Kinnhaken zu verpassen, doch er kann sich beherrschen.

«Und wie lautet ihre Begutachtung, Herr Chef-Gemmologe?», zischt Piet.

Wieder herrscht für Sekunden Stille in dem stickigen Raum. Dann grummelt John: «Ach leckt mich doch am Arsch...»

Er schüttelt den Kopf, zieht sich den Anorak an, schnürt sich die Kapuze um den Kopf und stapft, ohne Jace oder Piet eines Blickes zu würdigen, aus dem Büro-Container.

Er braucht frische Luft. Was hätte er seinem Cousin und Piet raten sollen? Verschwinden? Doch wie – ohne Geld. Wieder irgendwo auf diesem Planeten als Tauchguides anheuern und hoffen, dass man sie aus den Augen verliert?

Das wäre wohl die sicherste Art gewesen, sich aus dem Schlamassel zu befreien, doch er weiß nur zu gut, dass die beiden das noch nicht einmal hätten hören wollen. Die haben nur die Absicht, reich und berühmt zu werden, koste es was es wolle.

Und er? Was will er? Was er eigentlich immer wollte. Einen Job, in dem er respektiert wird, eine Frau die ihn liebt, und ein sicheres, langes Leben.

John stapft über den stockdunklen Vorplatz der Halle und stemmt sich gegen den Wind, der an ihm zerrt und ihm die Kapuze vom Kopf reißen will.

Als er an der Zufahrtsstraße ankommt und unter der einzigen Straßenlaterne weit und breit vorbeigeht, schießt eine Kamera mit einem großen Teleobjektiv wie ein Maschinengewehr, hinter den Scheiben eines geparkten Jeeps, eine Salve von Bildern von ihm, wie er das Gelände verlässt und in Richtung des Hotels taumelt.

Dreizehn

Sam sitzt in einem Taxi und fährt vom Flughafen Heathrow in die City an die noble Adresse von Ariks Büro. Kurz vor seiner Abreise in Sao Paulo hatte er versucht, Sue im Büro in New York anzurufen. Doch sein Anruf war auf ihr Handy umgeleitet worden und er hatte sie in London erreicht. Sue war dort gerade mit Arik im Büro angekommen. Zunächst war er erschrocken, dass Arik sich in London aufhielt. Würde er zu spät kommen? Er hatte Sue erzählt, dass er wisse, wo Emma stecke – auch wenn das nicht stimmte – und dass er den Stein holen und ihn Arik aushändigen würde. Sue hatte sich nichts anmerken lassen und ihm vorgeschlagen, er solle nach seiner Ankunft zu ihnen ins Büro kommen, um das weitere Vorgehen zu besprechen. Arik werde sicher über seine Hilfe höchst erfreut sein.

Sam bezahlt den Fahrer und tritt in das Geschäftshaus an der Fleet Street nahe der St.-Pauls-Kathedrale und dem Finanzdistrikt von London. Ein ehrwürdiges Londoner Herrschaftshaus, das wohl vor einiger Zeit zu einem Geschäftshaus umfunktioniert worden war und in dem nun Anwalts-kanzleien, Lobbylistenagenturen und Firmen mit dem Zusatz "international" residieren.

Ein älterer Herr mit ergrauten Schläfen und in Nadelstreifenanzug, der an einem opulenten Schreibtisch vor den Aufzügen sitzt, blickt ihn freundlich an. Sam stellt sich vor und nennt den Namen Arik Blom, den er besuchen möchte. Der Mann, von dem Sam immer noch rätselt, ob er ein Rezeptionist oder ein Security-Mann ist, tippt auf der Tastatur seines Computers und spricht dann in sein Headset. Dann erhebt er sich, überreicht Sam einen Besucherausweis und erklärt sehr förmlich: «Sixth floor, Sir. Ms. Bird is waiting for you». Danach setzt er sich wieder und lugt aus den Augenwinkeln, wie er in seinen Cargohosen und der wattierten Jacke in Richtung der Aufzüge stapft. Sams Aufmachung entspricht wohl nicht derjenigen der normalen Besucher dieses Hauses.

Als er aus dem Aufzug tritt, steht er direkt Sue gegenüber, die ihn, wie immer adrett gekleidet, in einem dunkelblauen Businessdress, dezenten Pumps und hochgestecktem Haar, erwartet. Der Rock ist immer noch knapp an der Grenze, zu kurz zu sein, bemerkt Sam mit einem Lächeln, doch Sue kann sich das bei ihrer Figur und ihren trainierten, hübschen Beinen auch leisten. Bei diesen Gedanken bemerkt Sam, wie er sich seltsam vertraut mit Sue fühlt, obwohl sie doch zu diesem Verein von Arik gehört, der sie nun seit Monaten terrorisiert.

Sue legt ihre Hand auf Sams Arm und deutet mit ihrem Kinn den Gang entlang. Erst jetzt bemerkt Sam in der anderen Richtung mehrere Männer vor einer offenen Bürotür. Auf einer schwarzen Jacke erkennt er ein Abzeichen. Scotland Yard ist darauf geschrieben. Was zur Hölle geht hier vor?

Sue geht in die andere Richtung, immer noch ihre Hand auf seinem Arm, und zieht ihn diskret mit sich.

Sie verbeugt sich ein wenig vor einer getäfelten Holztür, um ihr Badge, das sie an einer Kordel um den Hals trägt, vor das Lesegerät zu halten. Sam riskiert nochmals einen Blick auf ihren engen Rock und wundert sich abermals über sich selbst. Die Tür summt. Sue öffnet und bittet Sam einzutreten.

Der Raum scheint ein Besprechungszimmer für diskrete Verhandlungen zu sein. Ein schwerer Holztisch in der Mitte mit vier grünen gepolsterten Sesseln, ein Computermonitor am hinteren Ende und daneben eine antike Kommode mit Kaffeemaschine und eingelassenem Kühlschrank. Die

Fenster sind mit Rollos bestückt, die zwar Licht in den Raum lassen aber keine Blicke von draußen gewähren.

«Kaffee?», fragt Sue und reißt ihn aus seinen Gedanken. Erst jetzt fällt ihm auf, dass sie nicht ein einziges Mal gelächelt hat, seit sie ihn am Aufzug abgeholt hat. Bei ihrem letzten Treffen hatte sie ständig gelächelt. Ein professionelles Lächeln natürlich, keine Herzlichkeit war darin gewesen, doch sie hatte gelächelt. Jetzt sah ihr Gesicht ernst aus. Fast versteinert.

«Nein, danke. Wo ist Arik?», fragt Sam und bemüht sich seinerseits mit einem Lächeln. Sue beantwortet seine Frage nicht, sondern bedient die Maschine, um für sich einen Kaffee zuzubereiten.

«Sicher nicht? Sie werden einen brauchen», fragt sie ohne sich umzudrehen.

Sie setzt sich auf einen Sessel und bittet Sam mit einem Blick ihr gegenüber Platz zu nehmen.

«Was ist denn vorgefallen? Sind diese Leute von Scotland Yard bei ihnen im Büro und sitzen

wir deshalb hier in diesem Besprechungsraum?»,
kommt Sam direkt zur Sache.

«Sie sind ein helles Köpfchen, Sam. Das hat
Arik sofort erkannt, als sie sich kennenlernten»,
erwidert Sue und lehnt sich mit ihrer Tasse in dem
bequemen Sessel zurück.

Sam geht nicht auf das Spiel ein und wartet auf
eine Antwort auf seine Frage.

Sue stellt ihre Tasse ab, betrachtet Sam mit einem prüfenden Blick und lehnt sich vor in ihrem
Sessel.

«Sie haben richtig gesehen, Sam. Die Polizei ist
in unseren Büros. Genauer gesagt, ist es das SO3-
Team. Der forensische Tatortdienst.»

Sam ist verblüfft und hebt fragend seine Handflächen nach oben.

Sue nimmt gelassen einen Schluck aus ihrer
Tasse und fixiert ihn über den Rand mit ihrem
Blick.

«Arik ist tot – deshalb sind sie hier», eröffnet sie
Sam in einem fast beiläufigen Ton.

Sue betrachtet Sam, dessen Kiefer nach unten geklappt ist und der sie ungläubig anstarrt.

«Doch einen Kaffee? Etwas Härteres kann ich ihnen leider nicht anbieten. Die Single Malts von Arik stehen in seinem Büro, aber das ist, wie sie gesehen haben, momentan besetzt», fragt Sue.

Ohne eine Antwort abzuwarten, springt Sue auf und beginnt an der Kaffeemaschine zu hantieren. Die Gedanken überschlagen sich in Sams Kopf. Arik tot? Was zum Teufel geht hier vor? Was hat das zu bedeuten? Ist damit der ganze Schlamassel beendet, sind damit Emma und sie alle nun in Sicherheit oder ist alles noch viel schlimmer geworden? Was zur Hölle war hier abgelaufen?

Sue stellt die dampfende Tasse vor Sam ab und erahnt seine Fragen.

«Er hat Selbstmord begangen. Ich war dabei», erklärt sie ihm und setzt sich wieder. Wie zum Hohn huscht ein kurzes Lächeln über ihr Gesicht.

«Er hat was?», ruft Sam gedämpft. Seine Hand hält auf dem Weg zur Tasse inne. Gestoppt durch das Verrückte, das er gerade aus Sues Mund erfahren hat. Sue blickt ihm fest in die Augen und fordert ihn mit einem winzigen Nicken auf, sein Vorhaben fortzuführen und sich den Kaffee vom Tisch zu nehmen.

Sam trinkt einen kleinen Schluck, lehnt sich in den Sessel und stiert Sue fragend an.

«Es ist eine lange Geschichte...», murmelt Sue fast wie zu sich selbst.

«Fangen Sie am besten vorne an. Ich habe Zeit», erwidert Sam und ist im selben Moment erstaunt über seine Aussage. Wie kommt er darauf? Schließlich ist er wegen Emma hier und die Tatsache, dass Arik tot ist, heißt noch nicht, dass sie in Sicherheit ist. Doch er bemerkt auch, dass Sue mitgenommen wirkt.

«Ich bin die neue Direktorin des Syndikats und kümmere mich um die Geschäfte. Der große Rohdiamant ist in unserem Besitz und Emma ist in Sicherheit. Ebenso wie ihre Familie und Sie alle. Vorerst zumindest und wenn sie sich endlich alle vernünftig verhalten», erklärt Sue und späht dabei durch die Jalousien des Fensters, als könne sie ihren Blick dabei über London schweifen lassen.

Sam stellt klirrend seine Tasse auf dem Tisch ab. Er fühlt sich wie ein Boxer, dem halb K.O. zuerst ein nasser Lappen ins Gesicht geschlagen wurde und nun Riechsalz unter die Nase gehalten wird. Die Neuigkeiten von Sue kommen Schlag auf Schlag und jede war verrückter als die vorherigen.

«O.K., aber was ist passiert», murmelt Sam.

Sue dreht sich um und starrt ihn fordernd an: «Sie wollen es wirklich wissen?» zischt sie ihn an und Sam nickt leicht, ohne sich beeindrucken zu lassen.

Nun blickt er auf die geschlossenen Jalousien und durch einen schmalen Spalt auf die Straße. Ein unablässiger Strom von Menschen ist zu erkennen. Die einen sind zielstrebig unterwegs, andere schlendern. Eine Frau, die sich bei einem eleganten Herrn in Trenchcoat und Hut eingehängt hat, lacht und blickt in seine Richtung. Was sie wohl gerade von ihm erfahren hat? Sie wirkt amüsiert und knufft ihn in die Seite, bevor sie sich wieder an ihn schmiegt und sie weitergehen.

Sicher ein Liebespaar oder sie arbeiten zusammen und haben eine Affäre, schweifen seine Gedanken ab. Sein Geist scheint eine Pause zu brauchen, um zu verarbeiten was er gerade gehört hat. Sam spürt, wie seine Lippen sich zu einem leichten Grinsen hochziehen, wie immer, wenn er unter Stress steht und die Situation alles andere als zum Lachen ist. Unglaublich, sinniert er weiter über all die Menschen hier unten auf der Straße. Einige haben vielleicht ihren Job verloren und überlegen, wie sie über die Runden kommen. Andere kommen von einem erfolgreichen Geschäftsabschluss und träumen von den Ferien, die sie sich mit dem Bonus leisten werden. Wieder andere sind nur unterwegs, um die Kinder abzuholen und dann noch essen einzukaufen. So viele unterschiedliche Leben und viele davon wohl eher langweilig. Sam spürt, wie er sich danach sehnt. Er möchte selbst wieder ein langweiliges Leben und wünscht sich, einer derjenigen da unten auf der Straße zu sein. An Geschäften entlang zu schlendern und zu sehen, ob er seiner Frau eine kleine Überraschung kaufen könnte, bevor sie dann am Abend vor dem Fernseher sitzen würden, um einen Krimi zu sehen. Dann würde er gähnend nochmals über den Film nachdenken und die eine oder andere Szene kritisieren, die er ein wenig übertrieben fand, und bald darauf einschlafen. Schließlich würde er früh wieder rausmüssen zu seinem Bürojob.

«Sam – sind Sie noch da?», hört er Sue, dreht sich zu ihr und nickt.

Sue peilt ihn nochmals prüfend an und beginnt zu erzählen:

«Als wir gestern hier in London angekommen sind, hat Arik einen Anruf erhalten. Wir haben zehn Stunden zuvor erfahren, dass Emma hier in England ist, den Stein bei sich hat und ihn übergeben möchte. Arik hat mich angewiesen, den Firmenjet zu buchen und mit ihm hierher zu fliegen. Er wollte die Sache selbst und endgültig erledigen.»

Sam hebt das Kinn und beäugt Sue auffordernd.

«Wir fuhren vom Flughafen zuerst ins Büro. Hier erhielt Arik einen Anruf von seiner Frau Judith. Zwei Männer wären sehr früh bei ihnen zu Hause aufgetaucht und hätten erklärt, hier bei ihnen auf ihren Mann zu warten. Der wolle ihnen etwas äußerst Wichtiges übergeben. Judith war sehr verängstigt gewesen. So etwas war noch nie vorgekommen und sie wollte von ihrem Mann wissen, was vorgeht. Arik hatte sie beruhigt und erklärt, das sei ein Missverständnis. Er sei gerade in London angekommen und würde das klären. Kurze Zeit später bekamen wir auch hier in unseren Büros Besuch von zwei diskreten Herren in Maßanzügen. Einer richtete eine Waffe mit Schalldämpfer auf Ariks Kopf und der andere zielte mit seiner auf meine Brust. Das hat mich auch nicht verwundert, denn Arik hatte zwar das Syndikat über euren Diamantenfund informiert und seine Strategie dazu abgestimmt, doch von dem großen Stein wusste nur er. Dachte er zumindest.

Sam schluckte und schüttelte verwirrt den Kopf: «Sie sagten doch, er hätte Selbstmord begangen?»

Oder hat Sue den Selbstmord so gemeint, dass Arik sich soweit zum Fenster herauslehnte, dass er ungewollt den Halt verloren hat und abgestürzt ist? Oder dass dabei jemand nachgeholfen hat? Gut möglich. Schließlich hat Arik mit seinem Alleingang nicht gerade integer gegenüber seiner Organisation gehandelt, war abgehoben und hatte aus dem Blick verloren "wessen Brot" er aß. Das wäre nichts Ungewöhnliches. In seinem Berufsleben hatte er einige Manager erlebt, die ihrer Macht und den damit verbunden Möglichkeiten nicht hatten wiedersehen können. Obwohl sie gut verdienten, konnten sie der Gelegenheit nicht wiederstehen, noch mehr zu bekommen. Eine Einladung zu einem Event in den Bergen mit Übernachtung im Luxushotel, um ein paar geschäftliche Dinge einmal in etwas lockerer Atmosphäre besprechen zu können. Oder das Angebot, sich erkenntlich zu zeigen, wenn die Offerte akzeptiert wurde. Bei einigen ging das gut und sie ließen es bei der Ausnahme bleiben. Andere gewöhnten sich an die Vorteile und der Appetit stieg weiter an. Bis sie schließlich über eine Kleinigkeit stolperten oder eine langweilig gewordene Affäre gekränkt ein wenig plauderte und die Sache ans Licht kam. Er hatte zugesehen, wie arrogante Manager dann mit vollmundigen Erklärungen jegliche Korruption von sich wiesen, sich schließlich in Prozessen verantworten mussten und einige davon sogar in den Knast wanderten. Sie verloren zwar nicht ihr Leben, doch ihre Reputation und was für sie noch viel schlimmer war: die Macht und die Aussicht, sie je wieder zu bekommen. Doch für Reue war es dann zu spät.

Sam erinnert sich, wie er von einem Immobilienmogul den Vorschlag unterbreitet bekam, doch mit der Firma, die er leitete, in den Neubau gleich vorne beim See umzuziehen. Als Manager der Schweizer Niederlassung eines Großkonzerns hatte Sam angefragt, ob er für die wachsende Firma in dem Gebäude ein halbes Stockwerk dazu mieten könnte. Daraufhin war der regionale Immobilienkönig höchst persönlich bei ihm im Büro vorstellig geworden, um ihm die Alternative einer Anmietung in dem Neubau zu unterbreiten. Als er den Preis hörte, den die größeren Büros dort kosten würden, konnte er nur bitter lachen. Naiv erwähnte er, dass er und seine Mitarbeitenden dort zwar einen wunderschönen Blick auf den See hätten, der Preis jedoch den Unternehmensgewinn zu heftig schmälern würden, was den Aufsichtsrat und die Aktionäre wohl nicht freuen würde. Beim Abschied erwähnte er noch, dass er seit einem Jahr auf der Suche nach einem Apartment sei, doch etwas mit Seeblick sei kaum aufzutreiben und wenn, dann horrend teuer. Kurz lachend machte der Immobilienkönig ihm mit einem Augenzwinkern deutlich, dass der Aufsichtsrat sicher mit den neuen Büros in seinem Neubau einverstanden sein würde. Vielleicht solle er den Vorschlag einfach mal unterbreiten. Er sei überzeugt, es wäre ein guter Schritt für seine hochprofitable und wachsende Firma und, ach ja – so ein Apartment könnte man sicher besorgen. Da sehe er kein Problem. Sam erinnert sich, wie er damals erst ein paar Minuten später an seinem Schreibtisch realisierte, was für ein Angebot er gerade erhalten hat. Damals war er als Manager noch unerfahren und hat zu seinem Glück nicht einmal darüber nachgedacht, welch lukrativen Vorteil ein Umzug der Firma für ihn privat dargestellt hätte. Viel später, als er längst nicht mehr für den Konzern tätig war, erfuhr er, dass die Sicherheitsabteilung des Konzernchefs über fast jedes seiner Treffen informiert war, und auch, wer die Hotels seiner Ferienreisen bezahlte.

Hätte er als unerfahrener Manager schon die Gier gekostet gehabt, wäre seine Karriere damals rasch beendet gewesen. Später, als er durchaus auch abgehoben und gierig geworden war, hatte ihn der tiefe Fall einiger seiner Kollegen davor bewahrt, sich für mehr Geld oder Macht zu weit aus dem Fenster zu lehnen und auf diese Weise eine Art Selbstmord zu begehen. Hatte Arik diese Art von Selbstmord begangen und war, statt nur gefeuert zu werden und in den Knast zu wandern, von seinem Syndikat eliminiert worden?

Ist es das, was ihm Sue gerade erzählt hat?

Sue schielt ihn kurz an und ihr Blick schweift wieder in die Ferne, als sie fortfährt:

«Offenbar hatten die wirklich mächtigen Damen und Herren hinter unserem Syndikat Wind von der

Sache mit dem großen Rohdiamanten bekommen. Dabei ging es ihnen noch nicht einmal um den Wert des Steins, sondern um Ariks fehlende Loyalität. Dass er sie nie über den Deal mit Ihren Eisdiamanten informiert hat und zudem für sich persönlich hinter dem größten Rohdiamanten aller Zeiten her war. Das Vertrauen in seine Person war damit zerstört.

Doch damit nicht genug... wie ich erwähnte, hat die Sache ganz andere Dimensionen angenommen. Durch Ariks Alleingang sind – wie soll ich es nennen – sagen wir, noch andere Interessenten ins Spiel gekommen. Und das ist eine Katastrophe für unser Geschäft, welches auf Diskretion beruht.»

Die Sache wird immer verwirrender, denkt Sam. Wen meint Sue mit den anderen Interessenten, die ins Spiel gekommen seien. Andere Diamantenhändler oder gar die Mafia? Hat das organisierte Verbrechen – das illegale – nicht "die Verbrecher", die weltweit auf legalem Wege den Reichen halfen, ihr Geld vor dem Fiskus in Sicherheit zu bringen, sondern die Organisationen, die nicht davor zurückschrecken, für ihre Geschäfte Morde zu begehen – hatten die von dem Reichtum auf Island erfahren und wollten sich ihr Stück Fleisch aus der Beute reißen?

Sam schwirrt der Kopf und seine Knie werden etwas weich, als er sich vorstellt, in Zukunft nicht nur von einem gierigen Syndikat bedroht zu werden, sondern von Killerkommandos von Drogenbaronen oder von Glücksspielmogulen.

Sue macht eine kurze Pause, nimmt einen kleinen Schluck Kaffee und betrachtet dabei Sam über den Tassenrand. Der scheint ihr wieder zuzuhören und sie fährt fort:

«Sie sollten wissen, dass man mich zudem kurz nach meiner Anstellung auf Ariks Nachfolge vorbereitet hat. Jede wichtige Position im Syndikat ist quasi doppelt besetzt. Auch wenn jeweils nur der Nachfolger den Posten kennt, den er ersetzen soll. Nicht jedoch die Person ihren Nachfolger. Dadurch entsteht eine Art gewolltes Klima der Angst. Jeder weiß, er kann jederzeit ersetzt werden, und fehlende Transparenz kann tödlich enden. Arik hatte wohl nicht erwartet, dass ich als junge Frau seine designierte Nachfolgerin war.»

Was Sue erzählt, erstaunt Sam wenig. Warum sollte dies bei einem Syndikat anders sein als in einem Konzern?

Zu seiner Zeit als Manager hatte er nicht nur die Vorgabe, jedes Jahr mindestens zehn Prozent der

Mitarbeitenden zu ersetzen. Das hieß, das untere Ende auf der Leistungsskala "herauszumanagen" und durch bessere zu ersetzen, um den Ertrag jedes Jahr zu maximieren. Nein, er musste auch das Talentmanagement aktiv betreiben: Für jede wichtige Position im Unternehmen war ein Nachfolger zu bestimmen, genauer gesagt vorzubereiten, welcher sofort übernehmen könnte. Das nährte bei den Nachfolgern den Appetit auf Karriere und erhöhte das Lauftempo bei denen, die – noch – "in charge" waren. Die offizielle Begründung der obersten Manager der Abteilungen "Human Resources" – also der menschlichen Ressourcen, wie diese obskur empathischen und so sehr um das Wohl der Mitarbeitenden bedachten Organisationseinheiten hießen – war, dass damit nur die Sicherung der Firma und damit der Arbeitsplätze gewährleistet würde, sollte einer wichtigen Schlüsselperson etwas zustoßen. Ein Stillstand, bis ein Nachfolger gefunden wäre, würde den Erfolg der Firma gefährden. Mit derselben Logik war es auch untersagt, mehr als zwei Geschäftsleitungsmitglieder auf denselben Flug zu buchen.

Dabei war er sich immer bewusst, dass auch bei seinem Job, bereits beim Antritt der Stelle, mindestens zwei Nachfolger in den Startlöchern bereitstanden, für den Fall, dass er nicht "perfor-

men"
oder sich eben einen Fehler erlauben würde.

Auch er hatte die Personen nicht gekannt, die auf seinen Job lauerten, und war dadurch vorsichtig gewesen, anderen Mitarbeitenden zu vertrauen oder einen Fehler zu begehen. "Sich absichern" ist hier der Schlüssel: Entscheidungen vermeiden oder delegieren, so dass notfalls, wenn etwas schiefgehen sollte, der eigene Arsch in Sicherheit war. Dabei auch immer aufmerksam hinzuhören, ob ein leises Kratzen an den Stuhlbeinen zu hören ist, wenn man sich mit jemandem in der Firma vertraulich austauschte.

War Arik so naiv gewesen und hatte gemeint, er könne jemandem im Syndikat vertrauen? Oder konnte er schlicht nicht glauben, dass die attraktive und höchst loyale, doch noch reichlich junge und unerfahrene Sue seine Nachfolgerin sein könnte?

«Dann haben Sie Arik ans Messer geliefert?», fragt Sam. Die Geschichte wird immer verrückter!

Sue nickt und fährt fort: «Ja und nein. Zuerst wusste ich nicht, dass Arik das Syndikat nie vollständig über alles – über Sie, seinen Deal mit Ihnen und die zehn Millionen informiert hatte. Das wurde mir erst klar, als ich zufällig bei einem Telefonat mit einem der anonymen Geschäftspartner den großen Rohdiamanten erwähnt habe. Der hat sehr irritiert reagiert. Da wurde mir klar, dass ein Teil der ganzen Sache eine private Mission von Arik war.»

Sue schaut auf ihre Uhr. «Das war vor genau zwanzig Stunden. Eine Stunde später waren diese Männer bei Ariks Frau und bei uns im Büro.»

«Was geschah dann?», will Sam wissen. Es musste noch etwas passiert sein. Sonst wäre Sue nicht am Leben, könnte ihm nicht gegenübersitzen und erzählen, was sich zugetragen hat.

«Wissen Sie Sam, ich schätze Sie als vernünftigen Mann ein, und glauben Sie mir, ich verabscheue Gewalt. Ich erzähle Ihnen das alles mit dem guten Willen, dass nicht noch mehr passiert. Ich hoffe doch sehr, Sie können die richtigen Schlüsse daraus ziehen?», fragt ihn Sue. Sam schluckt und weiß nicht, ob er schmunzeln soll. Dieser Ton, diese gestelzte Ausdrucksweise erinnert ihn so sehr an Arik, dass er meint, dessen Zwillingsschwester gegenüberzusitzen.

«Selbstverständlich, Sue. Ich weiß Ihr Vertrauen zu schätzen», erwidert er.

«Oh, darum geht es nicht, Sam. Was Sie von mir hören, würde Ihnen niemand glauben, und das Einzige was Sie erreichen würden, wenn Sie es der Polizei erzählten, wäre, dass Sie auf diesem Planeten bald fehlen würden. Um Ihr Vertrauen geht es uns nicht. Diese Sache hat größere Dimensionen angenommen als Sie ahnen und es gibt ein Interesse des Syndikats an einer Zusammenarbeit mit Ihnen. Das heißt, dass Sie mit Ihrem Schweigen und Ihrer Klugheit mit uns kooperieren. Nur deshalb erzähle ich Ihnen die ganze Geschichte.»

Paff – Sue hat mit dem nassen Lappen noch einen draufgelegt. Sam ist beim Maximum seines möglichen Erstaunens angekommen. Sein Gehirn kann nicht mehr auf alle diese Informationen reagieren und er nickt nur noch ergeben. Was war das? Die Sache hatte noch größere Dimensionen angenommen?

«Daraufhin bat Arik die Männer, ihm zwölf Minuten zu geben, um die Angelegenheit selbst regeln zu können. Die waren einverstanden. Danach hat er mich in sein Büro gebeten und die Tür zum Vorraum geschlossen. Er hat seinen Tresor geöffnet, mit einer Geste auf die Dokumente darin gedeutet und mich gefragt, ob ich mit ihm einen dreißig Jahre alten Single Malt trinken würde. Er hatte uns beiden ein Glas eingeschenkt und mir mit einem Nicken zugeprostet. Danach hat er genüsslich einen Schluck getrunken, ist aufgestanden und hat aus seinem Tresor ein Fläschchen gezogen. Er hatte es geöffnet und den Inhalt mit einem Schluck getrunken, sein Gesicht verzogen und sofort mit dem Single Malt nachgespült. Dann erklärte er mir mit einem Lächeln, dass er immer in seinem Leben selbst entschieden habe, bevor über ihn entschieden worden sei. Er setzte sich aufs Sofa und fragte mich, ob ich so lieb wäre, bei ihm sitzen zu bleiben und mich dann um Judith zu kümmern. Und schließlich wünschte er mir mit einem Augenzwinkern mehr Glück als ihm zuteil wurde», erzählt Sue weiter.

Sam nickt nur stumm mit offenem Mund.

«Natriumpentobarbital...»

«Natrium was?», fragt Sam ungläubig.

«Natriumpentobarbital wurde früher als Schlafmittel verwendet. Allerdings sind viele nicht mehr aufgewacht. Heute wird es in der Sterbehilfe eingesetzt. Wohl am meisten in Ihrem Land, Sam. Ich nehme an, da hat es sich Arik auch besorgt», erklärt Sue.

Sam weiß, dass in der Schweiz eine Art Sterbetourismus entstanden ist, weil es in seiner Heimat legal ist, unter gewissen Bedingungen sich beim Selbstmord helfen zu lassen. Dafür gibt es Sterbehilfeorganisationen und die Sache ist streng reguliert. Er weiß, dass Menschen, die belegen können, dass der Tod unausweichlich bevorsteht, an einen Ort gehen können, wo sie ein Medikament bekommen und, nachdem sie es selber geschluckt haben, friedlich für immer einschlafen. Die Bedingung dafür, dass man das Medikament verordnet bekommt, ist eine Krankheit im "Terminalstadium". Doch er hat sich immer gefragt, was das eigentlich heißen soll, und ob nicht das Leben an sich ein Terminalstadium ist, auch wenn er sehr gut verstehen kann, dass jemand in Würde und selbstbestimmt abtreten möchte und nicht an Schläuche angeschlossen dem Ende entgegensiechen will. Dass jemand die Kraft hat, so etwas zu schlucken, um sich und seine Liebsten vor Schlimmerem zu bewahren, das war ihm noch nicht in den Sinn gekommen.

«Und das hat er geschluckt, quasi weil er wusste, was ihm und seiner Familie droht, und er dem zuvorkommen wollte?», fragt Sam kopfschüttelnd nach. Er hat Arik als sehr entschlossenen und pseudokultivierten Geschäftsmann erlebt. Aber so etwas hätte er ihm nicht zugetraut.

Sue hebt das Kinn und fährt fort: «Arik hat sich halb auf das Sofa gelegt und mit der Hand auf den Platz neben sich geklopft. Ich habe mich neben ihn gesetzt und seine Hand gehalten. Nach drei, vier Minuten ist er eingeschlafen, hat leise geschnarcht und dann mit dem Atmen aufgehört. Genau nach zwölf Minuten, als die beiden Auftragskiller in sein Büro kamen, habe ich an seinem Hals den Puls zu finden versucht. Arik war gegangen und mir war, als würde er immer noch lächeln.»

Sue fährt sich durch die Haare und richtet sich auf. Sie hat diese Minuten wie im Traum erlebt, aus dem sie geglaubt hatte, aufwachen zu können. Sam sieht die Muskeln unter ihren Wangen mahlen. Sue scheint sich zusammen zu reißen und Haltung zu bewahren. Schließlich muss sie sich jetzt als neuer Kopf des Syndikats beweisen – weinen wird sie zu Hause können, wenn sie niemand dabei sieht.

Wohl genau deshalb ist sie damals vom Syndikat ausgewählt worden. Wegen der Geschichte, wie sie damals als Zwölfjährige mit ihrer Mutter erfahren hat, dass ihr Vater bei einem verdeckten Einsatz der Sicherheitspolizei, für die er arbeitete, umgekommen war, und sie dann ihrer Mutter beim Begräbnis tapfer beigestanden hat, ohne eine Träne zu vergießen. Die hatte sie erzählt, als sie beim Jobinterview für die Stelle beim Syndikat gefragt wurde, was das schlimmste Erlebnis in ihrem Leben gewesen sei. Das hatte Arik beeindruckt. Nicht ihre Ausbildung mit Bestnoten, ihre guten Arbeitszeugnisse, sondern ihre Fähigkeit, in extremen Situationen die Übersicht und Haltung zu bewahren, machten den Unterschied zu ihren Konkurrenten um die Stelle. Sue hatte später verstanden, dass Arik den Wahrheitsgehalt der Geschichte überprüft hatte, bevor er sie einstellte. Sie hat ihm imponiert, vielleicht weil er einen Teil von sich selbst in ihr sah, obwohl er wohl kaum ahnen konnte, dass sie einmal bei seinem eigenen Tod würde innere Stärke zeigen müssen.

«Und dann?», fragt Sam angestrengt, um zu begreifen, was er gerade erfahren hat.

«Nichts weiter. Die Herren haben kurz telefoniert und sind gegangen. Kurz darauf hat Judith angerufen und erzählt, ihre Besucher hätten telefoniert, das Missverständnis offenbar aufgeklärt und seien gegangen. Ich erklärte, dass Arik in einer Besprechung sei und es dauern könne, bis er zurückrufe. Daraufhin habe ich einen Anruf vom Vorstandsvorsitzenden des Syndikats erhalten. Er hat mich instruiert, die operative Leitung zu übernehmen und die Polizei zu rufen. Und hier sind wir nun...», erläutert Sue mit einem Lächeln und einer fast schulmädchenhaften Geste.

Sam hat noch tausend Fragen. Was heißt das jetzt für ihn und seine Kumpane? Wo ist Emma? Und wie geht es weiter, was erwartet man von ihnen? Das war die eine Sache, aber was meinte Sue mit: Diese Sache hat größere Dimensionen angenommen, als Sie ahnen? Und wen meint sie mit den «anderen Interessenten»?

Sues Handy klingelt, sie steht auf und wendet sich ab. Sie haucht ein knappes «O.K.» und beendet das Gespräch.

«Ich muss leider gehen. Wir werden uns hoffentlich nie mehr wiedersehen, Sam. Benutzen Sie Ihren Verstand, tauchen Sie unter, verhalten Sie sich ruhig. Glauben Sie mir. Das ist der einzige

Weg», erläutert sie und steht ihm, das Handy immer noch in der Hand, gegenüber.

Sam erhebt sich aus seinem Sessel. Was tut man in so einer Situation, fragt er sich. Sich die Hände schütteln? War das die Art von Kooperation, die sie gemeint hatte? Nicht eine Zusammenarbeit und Stillschweigen, sondern unterzutauchen und damit sicherzustellen, dass es ihm weiterhin gut geht. Kann es sein, dass er Sue mehr bedeutet, als ein Sicherheitsrisiko für das Syndikat darzustellen?

Doch Sue nimmt ihm die Entscheidung ab. Sie umarmt Sam innig und drückt sich fest an ihn. Dann löst sie sich, ihren Arm, mit dem Handy in der Hand, immer noch um seinen Nacken geschlungen, blickt ihm tief in die Augen und küsst ihn leidenschaftlich.

Sam steht wie versteinert da, spürt Sues durchtrainierten Körper an sich und ihre weichen Lippen auf seinem Mund. Bevor er zu einer Reaktion fähig ist, löst sich Sue ganz von ihm. Sie streicht ihm mit ihrem Finger über die Lippen, wohl um ihren Lippenstift wegzuwischen, lacht leise und wendet sich mit einem Augenzwinkern ab, um gleich darauf mit beschwingten Schritten aus dem Besprechungsraum zu schweben.

Sam bleibt verdattert zurück, betrachtet die offene Tür und die Tasse vor sich auf dem Tisch. Am Rand ist eine kleine Spur von Sues blutrotem Lippenstift. Die Frau verwirrt ihn. Knallhart und emotionslos erzählt sie vom Selbstmord ihres Chefs, dabei hat sie sogar noch die Nerven, sich locker und fast beschwingt auszudrücken, und dann lässt sie plötzlich Nähe zu? In ihrem Blick vermutet er kurz Wärme zu entdecken. Oder ist Sue dermaßen abgebrüht, hat nur brillant gespielt und er hat sich ihre Sorge um ihn nur zu gerne eingebildet?

Stimmen sind vom Gang zu hören und wecken Sam aus seiner Starre.

Rasch geht er aus der Tür und zum Aufzug.

Vierzehn

S am starrt ungläubig auf sein Handy. Erfolglos hat er versucht, Emma zu erreichen. Doch sie scheint eine neue Nummer zu haben. Danach hat er gehofft, von John ihre Nummer zu bekommen, doch auch den konnte er nicht erreichen.

Dann hat er Bruna angerufen, doch ihre Mutter hat an ihrer Stelle seinen Anruf entgegengenommen. Genug sei genug, hat sie ihm erklärt und sich geweigert, ihm Bruna ans Telefon zu holen. Offenbar hat Bruna seinen Brief, den er ihr als Erklärung für seine rasche Abreise geschrieben hatte, gar nicht gut aufgenommen. Wie ihre Mutter erklärte, habe er ihre Tochter so oft verletzt, dass es nun schlicht genug sei und er sich nie mehr bei ihnen blicken lassen soll.

Er glaubte, Bruna im Hintergrund leise schluchzen zu hören, doch er wagte nicht, noch einmal anzurufen.

Sam befindet sich vor dem gläsernen Queens Terminal in Heathrow und überlegt, wo er nun eigentlich hin soll. Hochnebel liegt bleischwer über dem Flughafen und die vielen Flugzeuge sind nur an ihrem Grollen in der Ferne zu erahnen.

Ungemütlich ist es hier. Er sehnt sich zurück in die Wärme Brasiliens, doch das erscheint ihm sinnlos.

In England bleiben, um Emma zu suchen? Doch wozu? Wahrscheinlich würde er sie nicht einmal finden und es scheint ihm, dass nun, nachdem sie den großen Stein nicht mehr hat, sowieso nichts mehr zu klären ist.

Zu John, Jace und Piet nach Island fliegen? Doch hier stellt sich dieselbe Frage: Wozu? Ob John nun für Sue arbeiten würde, ist ihm ziemlich egal. Und Jace und Piet würden kaum auf ihn hören. Er wird sich auch bewusst, dass er gar keine Lust hat, wieder in dem immer noch zerstörten Island einem Traum nachzujagen.

Auf der riesigen Digitalanzeige im Terminal sieht er einen Flug, der in zwei Stunden nach Bukarest abfliegt. Soll er Barbu besuchen? Doch warum nicht einfach nach Hause, obwohl ihn da niemand erwartet?

Die Sache ist ausgestanden und nun ist es vielleicht klug sich klarzuwerden, was er tun möchte. Wie er sein Leben gestalten will. Arbeiten muss er nicht mehr, wenn er mit dem Geld vernünftig umgeht – das ist eigentlich eine tolle Situation, pro-

biert er das aufkommende Gefühl von Verlorenheit zu beschwichtigen.

Immer noch geistesabwesend, mit den Augen
die verschiedenen Destinationen auf der Anzeige
durchgehend, erinnert sich Sam, wie er vor etwa
eineinhalb Jahren mit seinen großen Rollkoffern in
Zürich am Flughafen stand, um nach Island aufzubrechen, auszusteigen und ein neues Leben zu
beginnen. Damals hatte er einen Plan, eine Hoffnung, doch nun? Nichts als eine große Leere, die
sich in ihm ausbreitet wie billiger Wein, der aus
Kartonverpackung ausläuft und vom Tischtuch
aufgesogen wird. Sie zieht ihm den Magen zusammen.

Es war alles wundervoll für ihn gelaufen. Er hatte sich in sein neues Leben als Guide eingefügt,
hatte mit Marie sogar erlebt, was er sich nie zu
träumen gewagt hatte: die große Liebe. Doch
dann war zuerst Island im Feuer versunken und
dann seine Liebe in Frankreich von einem Bus
überfahren worden. Was wäre aus ihm und Marie
geworden, wenn Jace damals nicht von dem Hügel aus, auf den sie sich von der Geröllawine hatten retten können, in einer Spalte diese Steine
entdeckt hätte? Und wenn das, was danach folgte,
die Träume, die Gier und das Misstrauen, nie zwischen seinen Kumpanen, zwischen ihm und Marie

entstanden wäre? Dann würde er sich jetzt einen Job suchen müssen, wieder das unsäglich langweilige Business-Geschäft spielen müssen oder sich als Tauchlehrer verdingen und sich in zwölfstündigen Schichten abrackern, um gerade so sein Auskommen zu finanzieren. Doch das wäre ihm scheißegal! Wenn nur Marie noch da wäre. Er vermisst sie so sehr. Ihr Tod ist es, der sich als leckende Wunde in ihm ausbreitet. Die Gewissheit, sie nie wieder sehen zu können, nie mehr, sie in seinen Armen haltend, ihr Lachen zu hören.

«Herr Frei?»

Jemand mit Schweizer Akzent hat Sam von hinten angesprochen und tippt ihm auf die Schulter. Sam zuckt zusammen und fährt, jäh aus seinen Gedanken gerissen, herum.

Vor ihm steht ein freundlich lächelnder Herr in mittlerem Alter, mit korrektem Scheitel im schütteren Haar, in einem braunen Trenchcoat und einer abgewetzten Ledertasche. Er erscheint Sam wie einer der Buchhalter aus einem seiner früheren Industriejobs.

«Entschuldigen Sie, wenn ich Sie so einfach anspreche und sie erschreckt habe. Gabatuler ist mein Name. Benedikt Gabatuler», sagt der Mann vor ihm mit freundlicher Stimme. Der Mann spricht Englisch mit starkem Schweizer Akzent.

Sam hebt fragend die Augenbrauen und schüttelt bereitwillig die Hand, welche ihm Gabatuler entgegenstreckt.

«Darf ich Sie auf einen Kaffee einladen, Herr Frei? Nicht hier, kommen sie…», fährt Gabatuler nun in Schweizerdeutsch fort und kommt Sams Frage, worum es geht, zuvor. Er fasst Sam locker am Arm und deutet mit dem Kinn auf eines der Kaffees im Abflug-Terminal. Good bye Bar, leuchtet in Neonschrift über dem Eingang.

«Sie fragen sich sicher, wer ich bin, woher ich Sie kenne und worum es hier eigentlich geht, Herr Frei», beginnt Gabatuler das Gespräch, nachdem sie von dem jungenhaften Kellner ihre Cappuccinos serviert bekommen haben.

In dem Lokal sitzen Gruppen von jungen Leuten, die sich aufgedreht unterhalten und in ihre Ferien fliegen möchten, gelangweilte Geschäftsleute, die in ihre Laptops starren oder auf ihren Handys herumtippen, und sie zwei.

Gabatuler sucht einen ruhigen Tisch im hinteren Teil aus, wobei Sam der Verdacht aufkommt, dass er den vorher reserviert hat. Auf den beiden

Tischen daneben gibt es ein kleines Papierschild mit der Aufschrift: "RESERVED".

Sam betrachtet den freundlichen, unscheinbaren Mann ihm gegenüber und kann sich keinen Reim darauf machen. Trotzdem spürt er eine Unruhe in sich. Als würde er einen großen Hund vor sich sehen, der zwar ganz ruhig etwas mit dem Schwanz wedelt, den er jedoch nicht zu berühren wagt, weil er den Eindruck hat, das Tier würde sofort nach seiner Hand schnappen, wenn er es nur versuchen würde.

«Wir sind auf Sie gestoßen, als wir die Telefonverbindungen von Arik Blom geprüft haben. Daraus wird ersichtlich, dass Sie seit Monaten mit ihm in Kontakt standen», beginnt Gabatuler.

«Wer sind wir?», fragt Sam, bemüht möglichst gelassen zu wirken, obwohl er spürt, wie sein Herz zu hämmern beginnt.

«Oh, entschuldigen Sie, Herr Frei. Selbstverständlich – berechtigte Frage. Wir heißt: der Nachrichtendienst des Bundes. Der Schweizer Geheimdienst, wenn sie so wollen. Unsere Aufgaben sind neben der Terrorbekämpfung die Prävention und Lagebeurteilung für die politischen Entscheidungsträger. Und genau wegen dieser Prävention bin ich hier. Es geht darum, größeren Schaden von unserem Land, unserer gemeinsamen Heimat abzuwenden.»

Das Herz pocht Sam bis zum Hals. Waren das «die neuen Dimensionen und die anderen Interessenten», welche Sue erwähnt hatte?

«Sie können sich entspannen, Herr Frei. Wir sind keine Strafverfolgungsbehörde – das würde die Bundesanwaltschaft und die Fedpol übernehmen. Doch darum geht es nicht. Es liegt kein Verdacht auf eine Straftat vor, Herr Frei. Ich bin wie gesagt hier, um die Interessen der Schweiz zu wahren und das Land vor Schaden zu bewahren.»

«O.K., und vor welchem Schaden gedenken Sie uns zu bewahren?», krächzt Sam und nippt an seinem Cappuccino, um seine Stimme zu beruhigen.

«Nun, wie erwähnt, überwachen wir seit geraumer Zeit Herrn Blom und auch Sie. Wir haben Kenntnisse von Ihrer Geschichte, Ihrem Fund und Ihrem Deal mit Arik Blom. Wir haben Sie beobachtet, als Sie im See die Steine versenkt haben und dabei Ihr Freund ums Leben kam. Bisher haben wir die Ereignisse nur beobachtet und keinen Grund gehabt einzuschreiten. In den letzten Wochen hat sich jedoch auf internationalem Parkett Einiges ereignet. Und auch im Leben von Herrn Blom – dessen Büro Sie vor zwei Stunden verlassen haben», führt Gabatuler mit ruhiger Stimme aus und betrachtet Sam dabei aufmerksam.

«Haben Sie, hat der NDB, Arik auf dem Gewissen?», ruft Sam gedämpft aus und verspürt den Drang, vom Stuhl aufzustehen und aus dem Café zu rennen.

Gabatuler schaut sich kurz in dem Lokal um, legt seine Hand beschwichtigend auf Sams Arm und lächelt.

«Wo denken Sie hin, Herr Frei? Wir sind keine Wildwest Cowboys. Auch wenn ich zugeben muss, dass der Freitod von Herrn Blom uns ganz gelegen kommt.»

«Worum geht es dann?», zischt Sam und starrt auffordernd auf Gabatulers Hand auf seinem Arm.

Gabatuler nimmt seine Hand weg, greift nach seiner Mappe und zieht einige Mäppchen hervor.

«Hören Sie mir einfach zu und Sie werden begreifen. Sie werden verstehen, dass das, was ich ihnen jetzt erzähle, auch für ihren ganz persönlichen Schutz wichtig ist. Einverstanden?» fragt Gabatuler wieder lächelnd und Sam nickt ergeben. Die Situation gefällt ihm ganz und gar nicht.

Gabatuler zieht einige Blätter aus seinen Mäppchen, breitet sie vor Sam aus, beginnt seine Erklärungen mit gedämpfter Stimme und blickt sich immer wieder sehr diskret in dem Lokal um.

«Dies ist ein Artikel, der vor einigen Wochen durch die Presse gegeistert ist und weltweite Empörung und Diskussionen ausgelöst hat. Es sind die Paradise Papers. Diese letzte Folge von Leaks, wie diese Veröffentlichungen von vertraulichen Daten an die Öffentlichkeit genannt werden. Die Enthüller dieser Daten geben immer vor, sich um das öffentliche Wohl kümmern zu wollen. Dabei ist nicht sicher, ob diese Leute von Staaten und Geheimdiensten vorgeschoben werden, um deren Ziele zu verfolgen. Doch das ist nochmals eine ganz andere Geschichte. Zurück zu der Folge von Leaks und ich will hier nur die wichtigsten nennen: Nachdem 2015 die Swiss Leaks, 2016 die Panama Papers, gefolgt von Bahamas Leaks veröffentlicht wurden, kamen im November 2017 die Paradise Papers an die Öffentlichkeit. In all diesen Enthüllungen geht es um die Machenschaften der Reichen und Mächtigen auf dieser Welt, die versuchen, ihre Vermögen vor dem Fiskus zu bewahren. Dabei sind ihnen dubiose Offshore-Agenturen in Steuerparadiesen wie den Cayman Inseln oder den Bahamas behilflich. Das verrückte dabei ist, dass es dabei nicht einmal um illegale und strafbare Handlungen geht. Die Aktivitäten sind außerhalb der Reichweite von Staaten wie der Schweiz oder den USA. Können Sie mir soweit folgen?»

Sam atmet tief in seinen Bauch und spürt, wie sein Puls sich wieder etwas beruhigt hat. Doch was zum Teufel hat er mit den dreckigen Spielen der Reichen dieser Welt zu schaffen?

«Ich komme gleich darauf. Es ist wichtig, dass Sie den Zusammenhang verstehen», erwidert Gabatuler auf seine unausgesprochene Frage und fährt fort:

«In den Panama Papers wurden die Geschäfte von Firmen und Personen aufgedeckt. Unter anderem die des Exministerpräsidenten Islands, Sigmundur Gunnlaugsson, der in der Finanzkrise eine dubiose Rolle in den isländischen Banken gespielt hat und zurücktreten musste. In der Schweiz kamen die Geschäfte der UEFA, des Fußballverbands, ans Licht. Doch auch pikante Anlagege-schäfte von mächtigen Politikern wie Wladimir Putin oder die fragwürdigen Haltungen von Politi-kern, die wenig oder nichts dagegen unternehmen wollen, wurden aufgedeckt. Ein Name tauchte sowohl in den Panama wie auch in den Paradise Papers auf: Arik Blom.»

Sam nickt. Langsam scheint dieser Gabatuler zur Sache zu kommen.

«Es ist wichtig, dass Sie sich die Dimensionen vor Augen führen, Herr Frei. Mit den Steuergel-dern der versteckten Vermögen könnten Sie alle Menschen, die auf diesem Planeten derzeit Hun-ger leiden, einundsechzig Jahre lang ernähren oder jedem Menschen auf dieser Welt tausend Euro bar auf die Hand geben. Wir sprechen hier von unvorstellbaren Summen. Berechnungen er-geben, dass die Superreichen, die sich in einer Welt außerhalb des Rechts für uns Normalbürger bewegen, fast acht Billionen Euro geparkt haben. Das sind achttausend Milliarden oder acht Millio-nen Mal eine Million Euro.»

«Und sie möchten mir jetzt erzählen, dass aus-gerechnet sie oder unser Land, dass sich seit hundert Jahren an diesen Machenschaften gesund und reich gestoßen hat, etwas dagegen unternehmen wollen?», fragt Sam mit dunkler Stimme. Er hat seine Fassung wiedergewonnen und fühlt sich in seinem bekannten "Manager Modus". Was genau will dieser Heini ihm gegenüber von ihm? Was soll diese gespielte Empörung über einen Betrug an der Gesellschaft, bei dem sich wohl Luis XVI, der die Franzosen vor der Revolution mit seinem schamlosen Lebensstil ausgesaugt hatte, wie ein Schuljunge vorkommen würde.

«Sie haben es erfasst, Herr Frei. Genau darum geht es. Wie wir beide wissen, ist die Schweiz nach England und den Steueroasen, von denen nicht wenige zum British Commonwealth gehören, immer an diesen Geschäften interessiert gewesen. Dabei sollten wir nicht über Moral streiten. Tatsache ist, dass die Schweizer Bürger und die ansässigen internationalen Konzerne immer sehr gut davon profitiert haben. Darum geht es nicht», erklärt Gabatuler ruhig.

«Sondern?», fragt Sam nach.

«In diesen Enthüllungen werden nun Ex-Regierungsmitglieder der Schweiz und anderer

Staaten genannt, mächtige Wirtschaftsbosse und andere, von denen man nur erstaunt sein kann, wie die englische Königin, aber auch Popstars wie Bono, Shakira, Madonna und Justin Timberlake. Doch die sind nicht das Problem. Auch nicht der Außenminister der USA, Rex Tillerson, der erwähnt ist. Es geht darum, dass die Schweiz neben der Kritik um das Bankengeheimnis, Steuerhinterziehung und Geldwäscherei, in Gefahr ist, durch die Journalisten weiter an den Pranger gestellt zu werden, und dass darauf empfindliche Sanktionen und Einschränkungen durch die EU und die USA folgen können. Noch fast wichtiger: Es geht auch um den Schutz der Integrität von mächtigen Personen in der Schweiz. Dabei steht ein Name im Mittelpunkt: Arik Blom. Sein Name tauchte bereits in den Panama Papers auf und nun wieder in den Paradise Papers. Die Geschäfte seines Diamantensyndikats und der Investoren, die dahinterstehen – sie sind fast samt und sonders ebenfalls in diesen Leak Papers genannt – das ist für die Stabilität der Schweiz, des Banken- und Wirtschaftsstandorts, ein enormes Risiko. Unser Land ist leider nicht mehr so frei wie vor ein paar Jahren. Die internationalen Abhängigkeiten und Verflechtungen nehmen stetig zu. Die EU und die USA üben Druck aus. Vordergründig im Namen der Gerechtigkeit und natürlich wegen der entgangenen Steuereinnahmen. Sehen sie, wir sind nach England, wo weltweit die meisten Finanztransaktionen stattfinden – wenn auch in der Mehrheit legale – einer der wichtigsten Partner für große Konzerne, bedeutende Anleger und eben auch für Staatsgeschäfte. Dass unsere Wirtschaft zum größten Teil durch Exporte in die EU und USA floriert, muss ich ihnen als Ex-Manager nicht erklären. Wir sind als Land schlicht zu klein, um mit Ketten rasseln zu können. Wir kooperieren und bieten unsere guten Dienste an. Nicht nur in der Diplomatie, sondern eben auch als diskreter Finanzplatz. Das war in der Vergangenheit immer auch zum Wohl des Landes. Man ließ uns auch gewähren, solange unsere Dienste in einem gesunden Gleichgewicht zu unserem Vorteil waren.»

Gabatuler sieht Sam erwartungsvoll an, doch der erwidert seinen Blick mit einem ausdruckslosen Lächeln.

Gabatuler verdreht ein wenig die Augen und fährt fort: «Also – damit Ihnen klarer wird, von welchen Dimensionen wir sprechen: Würde die Schweiz auf die Finanztransaktionen eine Steuer von null Komma fünf Prozent erheben, also bei der Transaktion von einer Million Franken eine Steuer von fünfhundert Franken, könnte man damit jedem der fast acht Millionen Einwohner dreitausend Franken schenken – pro Monat wohlverstanden. Das sind Dimensionen, welche den Staaten nicht mehr geheuer sind. Es werden Transaktionen vorgenommen, bei denen dem Fiskus Milliarden entwischen. Wenn nun in den Leaks konkrete Personen genannt werden, ist das eine Sache, doch wenn zu viel davon ans Licht kommt, können unsere Partnerstaaten hungrig werden und von der Schweiz noch mehr Regulierungen und Transparenz verlangen. Das schreckt nicht nur dubiose Investoren ab, sondern ist generell schlecht für das Geschäft. Unsere Aufgabe ist es, wichtige Personen der Schweiz vor Schaden zu bewahren, darunter sind nicht wenige Politiker, und – das ist noch viel wichtiger – einem Flächenbrand in den Medien und staatspolitischen Forderungen gegenüber unserem Finanzplatz Einhalt zu gebieten.»

«Hmm – und warum verfolgen Sie dann nicht einfach die illegalen Finanzjongleure dieser Welt?», fragt Sam lakonisch.

«Kommen Sie, Herr Frei – das ist nicht Ihr Ernst? Ich halte Sie für einen gebildeten und vernünftigen Menschen. Können Sie sich erinnern, dass die Schweiz in der Vergangenheit Konten von jedem gestürzten Diktator dieser Welt sperren und öffentlich machen musste? Die waren solange legal im Amt, bis sie eben gestürzt sind, und wir haben dadurch auch unseren Wohlstand ausbauen können. Sie wollen mir nicht erzählen, dass Sie glauben, der Mittelstand in der Schweiz lebe so gut wegen unserer Schokolade, Uhren und Käseexporte? Heute sind es weniger die Gelder von Ex-Diktatoren, welche die Begehrlichkeiten wecken, sondern die Steuergelder, welche den Staaten entgehen. Sollen wir dagegen vorgehen? Selbst wenn wir könnten, würden die Finanzen einfach über Singapur oder andere Finanzplätze laufen und statt mehr Gerechtigkeit auf der Welt, würde nur der Wohlstand in der Schweiz Schaden nehmen.»

Sam schüttelt genervt den Kopf und bemerkt: «Ja, der Zweck hat schon immer die Mittel geheiligt.»

«Ich will nicht mit Ihnen philosophieren oder gar meinen Patriotismus mit Ihnen diskutieren. Ich meine es nur gut mit Ihnen, Herr Frei, und habe mir die Mühe gemacht, Ihnen zu erklären, was auf dem Spiel steht», erwidert Gabatuler nun etwas barsch.

«Schon gut. Das habe ich sehr wohl verstanden. Doch – ich verstehe immer noch nicht, was Sie von mir wollen, Gabatuler», brummt Sam über den Tisch gebeugt.

«Nichts... oder besser: fast nichts, Frei», erwidert Gabatuler ebenfalls nach vorne gebeugt.

Sam hebt die Hände mit den Handflächen nach oben und glotzt den vermeintlichen Buchhalter ihm gegenüber fragend an.

«Das Syndikat wird seine Aktivitäten komplett einfrieren. Die Geschäfte sind zum Glück auch schwer nachzuweisen, da über die Kunden und deren Schließfächer, in welchen die erworbenen Diamanten liegen, nicht Buch geführt wurde. Sue Bird ist da sehr kooperativ. Auch das Konsortium, welches in Island im Geheimen nach Diamanten geschürft hat, ist aufgelöst, da auch hier Politiker und Wirtschaftsbosse mit dem Namen Blom in Verbindung standen. Die Journalisten werden versuchen, tief zu graben, aber wenig bis nichts herausfinden. Bleiben die Mitwisser, von denen die bisher erwähnten, alles Interesse haben zu schweigen. Verbleiben Sie und Ihre Kumpane, Herr Frei.»

Sam lehnt sich zurück. Darum geht es hier also. Nicht nur um vermeintliche Regulationen der Banken – die Schweizer Wirtschaft und die Politik haben die Hosen voll, und da alles vernetzt ist, wohl auch Dutzende von anderen Staaten und Parlamenten –, sondern auch um die mächtigen Personen, die sich gegenseitig den Rücken decken. Niemand hat ein Interesse, dass alles ans Licht kommt, und schon gar nicht daran, dass die wirklich lukrativen Deals in dieser Liga erschwert oder gar verunmöglicht würden. Wobei – Verunmöglichen wäre utopisch. Das ganze Geschäft würde sich einfach über andere Staaten und Wege einen Weg suchen. Wie ein angestauter Bach, der an der Seite über die Ufer tritt und sich einen neuen Weg ins Tal sucht.

«Ich kann nur für mich sprechen, Gabatuler. Und ich kann ihnen versichern: Ich habe genug verloren rund um diese verfluchten Steine. Ich habe auch nicht das geringste Bedürfnis, Robin Hood zu spielen. Alles was ich will ist meinen Frieden. Ich weiß nicht, wie es den wenigen Verbliebenen geht. Bei Barbu bin ich mir sicher, dass er es so sieht wie ich. Emma, John, Jace und Piet –

die sie sicher alle kennen – müssen sie wohl selbst fragen.», erklärt Sam ruhig.

«Oh – das tun wir. Seien Sie unbesorgt, Herr Frei. Kollegen von mir und von befreundeten Diensten sind schon dabei. Dabei ist uns wichtig, dass Sie verstehen, dass es immer einen Grund geben wird, Sie für die Ewigkeit für ein x-beliebiges Delikt von der Fedpol in Untersuchungshaft nehmen zu lassen und damit zum Schweigen zu bringen. Das gilt auch für den Rest der Truppe. Doch das wollen wir uns allen ersparen. Nicht wahr, Herr Frei?»

Sam nickt und lässt sich nicht auf die Drohung ein.

«Aus reinem Interesse, Gabatuler. Was hätten Sie denn gegen mich in der Hand?»

Gabatuler lächelt: «Mord an ihrem Freund Chuck – die Leiche würde man sicher entdecken. Ihre Rolle beim Tod von Marie vielleicht? Entwendung von Staatseigentum: Ihr Fund auf Island gehört laut den Gesetzen dort dem Staat. Erpressung vielleicht? Da könnte ihre Verbindung zu

Blom auch etwas mit dessen Tod zu tun haben...
soll ich fortfahren, Herr Frei? Das wären nur ein
paar Ansätze – wir haben viel Fantasie in unserer
Organisation und wir schaffen es, jeden zum
Schweigen zu bringen, wenn es sein muss. Vor
allem, wenn die Interessen von verschiedenen
befreundeten Staaten auf dem Spiel stehen. Denken Sie nur, wie es anderen ergangen ist: Chris-
toph Meili, der als braver Nachtwächter die Vernichtung von Akten über nachrichtenlose Vermögen verhindern wollte – er lebt noch, wenn auch
verarmt in der Schweiz. Oder Julian Assange, der
durch die ganze Welt getrieben wird und nirgends
bleiben kann. Ich könnte endlos weiter aufzählen
und die waren alle bereits bekannt. Sie und ihre
Kumpane würden unbekannt in der Versenkung
verschwinden.»

Das war deutlich und Sam schluckt beklommen.
Erst jetzt wird ihm richtig bewusst, dass allein die
Geschichte um Chucks Tod ihn enorm in Schwierigkeiten bringen könnte. Ihm wäre sowieso nie in
den Sinn gekommen, sich mit der Diamantenge-
schichte an die Öffentlichkeit zu wenden – wozu
auch? Doch außer bei Barbu war er sich bei seinen
Kumpanen nicht so sicher. John ist klug genug,
seinen lukrativen Job beim Syndikat zu genießen.

Ob Jace und Piet nicht weiter versuchen würden, an Geld für ihr Hotelprojekt zu kommen? Da ist er sich nicht sicher. Und nicht zuletzt Emma, die aus seiner Sicht eine tickende Zeitbombe ist. Undurchschaubar, wenn er an ihr Komplott rund um Arik und den großen Diamanten denkt. Er kann nur hoffen, alle sind vernünftig. Tun kann er nichts dafür.

«Was erwarten Sie von mir?», fragt er gefasst den Mann gegenüber, der ihm in den letzten Minuten brutal die Wahrheit über diese Welt um die Ohren gehauen hat und auch glasklar bekennt, worin sein Problem und mögliche Folgen liegen.

«Nichts, Herr Frei. Weder dass Sie mit ihren Kumpanen sprechen sollten, noch das Sie, wie der bedauernswerte Herr Blom, einen Schlaftrunk genießen sollen. Tauchen Sie unter. Sprechen Sie mit niemandem über die letzten achtzehn Monate und genießen Sie die eine Million, zweiunddreißigtausend Franken und fünfundachtzig Rappen, die auf ihrem Konto liegen. Aber bitte, ohne damit Aufmerksamkeit zu erregen – das ist mein Rat an Sie», erläutert Gabatuler freundlich und beginnt, seine Papiere wieder in die Mappe zu packen.

Dann ruft er nach dem jungen Kellner.

«Sie sind eingeladen, Herr Frei. Von der Schweizer Regierung. Es war mir ein Vergnügen, Sie kennen zu lernen», meint er ungezwungen zu Sam, während er sich erhebt.

Er reicht Sam die Hand. Dieser schüttelt sie etwas unwillig und bemerkt dabei an der trockenen Haut von Gabatuler, wie feucht seine eigene ist.

Sam schlürft seinen lauwarmen Cappuccino und beobachtet wie Gabatuler mit beschwingten Schritten in der Menge im Terminal entschwindet.

Eine ganze Weile sitzt er versonnen am Tisch hinten im Lokal in dem Versuch, zu verdauen was er an diesem Tag erlebt hat.

Der Kellner kommt und sammelt die Reservationskarten von den beiden Tischen ab. Da entsperrt er sein Handy, um herauszufinden, wann der nächste Flug von Swiss nach Zürich abfliegt.

Fünfzehn

Barbu nimmt Sam das Tablett ab und reicht es der ewig lächelnden Flugbegleiterin der Singapore Airlines. Dann widmet er sich wieder seinem asiatischen Menü und schiebt sich genüsslich eine der mickrigen Frühlingsrollen in den Mund.

Sam betrachtet ihn lächelnd. Er hat keinen großen Hunger und trinkt dafür sein zweites Singha-Bier. Nicht aus der Dose – nein, hier in der Business Class des A380 wird das Bier in Flaschen gereicht.

In etwas mehr als sechs Stunden würden sie in Singapur landen, danach umsteigen und nochmals fast zwei Stunden nach Jakarta fliegen und von dort weitere vier Stunden zu ihrem Ziel, nach Sorong, jetten. Barbu hatte seinen Flug in der Economy-Class gebucht, als sie sich am Frankfurter Flughafen getroffen haben, doch Sam hat ihm ungefragt ein Upgrade gekauft. Erst protestierte Barbu mit der Begründung, sie sollten doch nicht auffallen und mit Geld um sich werfen, doch Sam hat nur gelacht. Business zu fliegen war für ihn als Ex-Manager nichts Besonderes. Wären sie First-

Class geflogen, wäre das was anderes, aber Business? Das war nichts Besonderes – zumindest für ihn. Barbu dagegen hat wie ein Kind, das Weihnachten in die gute Stube kommt und den Baum bestaunt, die Business-Kabine betreten, ehrfürchtig die riesigen Sessel betrachtet, in denen man wie in einem Kokon thront und wenn man die Seitenwände hochfährt, wie alleine in der riesigen Maschine sitzt. Fast eine Stunde lang hat er an den Einstellungen des Sitzes herumgespielt, das Unterhaltungsprogramm durchforstet und an den Applikationen der Lehne gerochen, um zu prüfen, ob diese tatsächlich aus Leder sind. Dann wurde das Essen serviert, welches sie aus den Speisekarten, die jedem Gourmet-Restaurant würdig sind, ausgesucht hatten. Sam selbst war beeindruckt.

Er hat viel von dem exzellenten Service von Singapore Airlines gehört, doch mit ihnen geflogen war er bisher nicht. Sam fand, dass sie sich diesen Luxus verdient hätten und dass sie wohl in den nächsten Jahren kaum mehr so reisen würden. Natürlich war er auch versessen darauf, endlich einmal mit einer A380 zu fliegen. Dieser größte Jet der Welt kann mit seinen vier Triebwerken, von denen jedes einzelne soviel Leistung hat, eine Kleinstadt mit Strom zu versorgen, bis zu achthundertdreiundfünfzig Passagiere befördern. Dabei hat er ein maximales Startgewicht von fünfhundertsechzig Tonnen – die Hälfte davon ist Treibstoff, den sie in Jakarta verbrannt haben werden. Er kam gar nicht mehr aus dem Schwärmen heraus, als er das alles Barbu zu erklären versuchte, während der seinen Sitz ausprobierte.

Sam betrachtet andächtig die schwankenden Triebwerke, die den Riesen in der Luft halten, und verspürt zum ersten Mal seit Monaten wieder ein angenehmes Kribbeln im Bauch. Dasselbe Kribbeln, dass er damals verspürte, als er in der Maschine von Iceland Air von Zürich aus nach Reykjavik flog, um dort als Tauchguide zu arbeiten. Dazwischen lag die Odyssee mit ihrer Flucht vor dem Vulkanausbruch, dem Horror rund um die gefundenen Diamanten und der Tod von vielen geliebten Menschen.

Vor zwei Wochen ist er von London aus, wo er von Gabatuler gewarnt wurde, nach Hause in sein Haus in die Schweiz gereist. Dort hat er eine Woche wie in Trance verbracht und sich jeden Tag überwunden, in den kalten See zu steigen, um wieder wach zu werden und ins Leben zurück zu finden. Es hat nicht funktioniert.

Er sprach mit John, der zurück in London war und dort diskret die Geschäfte des Syndikats für

Sue führte. Das Büro in Zürich hatten sie offenbar aufgelöst. Dazu sei ihnen geraten worden, hat John erklärt, ohne erzählen zu wollen, von wem. Sam konnte sich denken, wer das war.

Jace und Piet waren immer noch in Reykjavik und träumten dort von ihrem Unterwasserhotel. Offenbar hatten sie Kontakt zu Investoren, wohl aus dem Dunstkreis von Arik, die ihre Pläne interessant fanden. Ob dies nur war, um die beiden ruhig zu stellen oder gar später bei einem tragischen Tauchunfall mundtot zu machen, war Sam nicht klar. Die Einladung, doch bei ihnen mitzumachen, hat er ohne darüber nachdenken zu müssen freundlich abgelehnt.

Die beiden sind aus seiner Sicht immer noch in dem Wahn gefangen, berühmt und reich werden zu müssen. Sie sprachen nur von Umsätzen und Business-Plänen, von technischen Herausforderungen und dem großen Interesse, das die internationale Presse an ihrem Projekt habe. Das werde nicht gut enden, da ist sich Sam sicher.

Zuletzt hat er mit Emma gesprochen. Sie ist mit ihrer Tochter Hanna tatsächlich auch nach Reykjavik gezogen und hat sich etwas außerhalb der Stadt in einem intakten Landhäuschen einquartiert. Sie hat, wie sie es nannte, die Erpressung ihrer Eltern nicht verwunden.

Sam hätte ihr erklären können, dass Sinclair und ihre Mutter ihr wahrscheinlich das Leben gerettet haben und dass man sie, verblendet wie sie war, anders nicht zur Vernunft hatte bringen können. Aber er hielt sich zurück. Auch sprachen sie nicht darüber, dass sie den großen Stein damals unter Sams Buddha gestohlen und mit ihrer Kooperation mit Arik alle betrogen hat. Es hätte zu nichts geführt, fand Sam. Emma ist es wahrscheinlich noch nicht einmal in den Sinn gekommen, dass sie sich falsch verhalten hat. Das schloss er aus der gehässigen Art, wie sie über ihre Eltern sprach.

Angeblich hat sie sich mit Jace versöhnt und sorgt nun dafür, dass er und Piet ein Zuhause haben. Jedenfalls schienen die beiden bei ihr untergekommen zu sein und nicht mehr in der Halle am Hafen zu hausen. Sam hat Emma zu ihrer Versöhnung mit Jace und zu ihrer kleinen Familie beglückwünscht. Doch Emma war sich des Glücks noch nicht so sicher. Sie war offenbar auch an dem Tauchhotel-Projekt interessiert – oder besser – immer noch davon besessen, zu einer bekannten Wohltäterin zu werden. Jace hat ihr zugestanden, dass die Profite des Hotelbetriebs – falls es denn je welche geben würde – zur Hälfte in ihre eigenen

Projekte für die Armen dieser Welt fließen würden. Dagegen war aus Sams Sicht nichts einzuwenden. Darin war nichts Falsches, im Gegenteil. Doch er hörte in Emmas Erzählung etwas anderes. Ihre berechnende Art, wie sie über Jace sprach, die Begeisterung, wenn sie von Artikeln über berühmte Wohltäter sprach. Es befremdete ihn, dass sie sich sicher war, eines Tages in einem Atemzug mit Bill Gates und seiner Foundation genannt zu werden.

Sam beendete das Gespräch mit Emma mit dem Versprechen, sie alle bald zu besuchen. Anschließend schenkte er sich in seinem Lehnstuhl einen Single Malt ein.

Lange hat er versucht zu ergründen, ob diese Züge, diese Ideen, bereits vor dem Fund der Diamanten in Emma, Jace und Piet geschlummert hatten oder ob sie dadurch erst hervorgerufen wurden. Ist es schlicht eine zutiefst menschliche Eigenschaft, reich und berühmt werden zu wollen? War er überhaupt berechtigt, darüber zu urteilen? Er, der er selbst jahrelang seinen Boni nachgehetzt ist und stolz das Titelbild des Managermagazins, auf dem er abgebildet war, seiner Mutter geschickt hat? Wohl kaum! Doch warum waren die Menschen dann nicht alle so? Barbu beispielsweise hat sich aus seiner Sicht immer vernünftig verhalten oder war das nur dem Tod seines Bruders geschuldet?

War die Gier ein Auswuchs von gesundem Ehrgeiz und fundamentalem Überlebenswillen? So wie Genie und Wahnsinn haarscharf beieinander liegen?

Er kam zu keinem Schluss. Tatsache war jedenfalls, dass offenbar alles irgendwann ans Licht kam und einem einholten. Doch war das wirklich so? Würden nicht die Reichen und Mächtigen dieser Welt immer einen Weg finden, ihre Privilegien auszubauen, die Räder, die die Gesellschaften bewegten, zu manipulieren und ihre oft wahnwitzigen Visionen einer besseren Welt weiterzuverfolgen? Die Geschichte sprach hier eine deutliche Sprache. Er versank für Tage im Grübeln und fand keine Antworten. Auch was er mit sich anfangen könnte, war ihm schleierhaft. Alle Ideen, von denen er sich in Selbstgesprächen zu überzeugen versuchte, erschienen ihm schal und langweilig.

Erst als Barbu ihn vor einer Woche anrief und von der Manta Mae erzählte, schien ein Funke ein kleines Feuer in ihm zu entfachen. Barbu hat auf dem Schiff als Tauchguide angeheuert und ihn gefragt, ob er nicht Lust habe mitzukommen.

Anfangs hat er nur die kleine Wärme der Freude in sich wahrgenommen. Echtes Interesse und ein wenig Leidenschaft für die Idee, als Taucher zu arbeiten, leuchtete auf. Doch einen Tag später, als er mit dem Eigner gesprochen hatte, war er Feuer und Flamme für die Idee.

Die Manta Mae ist ein wunderschöner indonesischer Segelschoner, ein Frachtschiffstyp, der normalerweise für Warentransporte gebaut wird. Doch die einunddreißig Meter lange, zweimastige Manta Mae war von Anfang als Tauchboot konzipiert worden und besitzt nur drei Gästekabinen, in denen maximal neun Passagiere Platz haben. Das exklusive Tauch-Charter-Segelschiff war seit fünf Jahren im Indopazifik unterwegs. Meist im Archipel von Raja Ampat, der Indonesien gehört. Das Juwel aus tausendachthundert Inseln, von denen nur fünfunddreißig von den rund sechzigtausend Einheimischen bewohnt sind, erhebt sich aus den weltweit artenreichsten Gewässern überhaupt.

Der Hafen von Sorong, wo die Manta Mae ankert, liegt etwa tausend Kilometer nördlich von der australischen Küste, an der westlichen Spitze von Papua-Neuguinea. Von dort aus organisieren die Eigner Tauchsafari zu den Inseln. Dort kommen über fünfhundert Korallenarten, tausenddreihundert Fisch- und nochmals siebenhundert Weichtierarten vor. Eines der letzten Paradiese dieser Erde und für jeden Taucher ein Traum.

Doch nicht nur die Aussicht, auf einem exklusiven Boot mit wenigen gutbetuchten Gästen die kaum berührte Natur im Archipel erkunden zu können, hat ihn begeistert. Der Eigner ist in die Jahre gekommen und offenbar auch in finanziellen Nöten. Er hat Sam und Barbu angeboten, sie könnten die Manta Mae auch leasen oder kaufen – wenn sie denn soviel Geld auftreiben könnten. Sie sollten sich die Manta Mae ein paar Wochen als Tauchguides ansehen und dann könnten sie über eine mögliche Übernahme sprechen. Er erwähnte auch, dass es dafür auch andere Interessenten gäbe, doch er wolle sein Baby lieber an passionierte Taucher als an Investoren übergeben.

Sam war nach dem Gespräch mit dem Eigner zu Bett gegangen und hatte die ganze Nacht kein Auge zubekommen. Wie durch ein Wunder fielen Puzzlesteine an ihren Platz. Der Ort war ideal, um unterzutauchen – was man ihm und seinen Kumpels ja mehr als empfohlen hatte. Auch das Schiff und das Tauchgebiet begeistern ihn. Daneben würde es keine tägliche Plackerei mit Backpackern geben, die ihren Tauchschein möglichst günstig ergattern wollen, sondern gediegenes Tauchen mit anständigen Menschen – so hoffte er zumindest. Doch das Beste daran ist, dass er mit Barbu arbeiten könnte und sie sich gemeinsam sogar die Manta Mae würden leisten können. Der Eigner nannte eine Preisvorstellung: so um die eins Komma fünf Millionen US Dollar müssten für ihn rumkommen, damit er seine Schulden bezahlen könne und mit dem Rest seinen Lebensabend genießen könne.

Vor drei Tagen haben er und Barbu fast zwei Stunden lang am Telefon gesprochen. Danach war der Entschluss gefasst: Er wollte mit Barbu nach Sorong reisen und dort auf der Manta Mae arbeiten. Barbu war von der Übernahme des Tauch-Charter-Unternehmens genauso begeistert wie er und Sam hat im Geist Barbus seliges Lächeln sehen können, als sie darüber sprachen.

Sie haben sich am Flughafen Frankfurt verabredet, wohin Barbu aus Bukarest und er aus Zürich fliegen wollten, um von dort aus nach Sorong zu reisen.

Aufgeregt packte er seine Rollkoffer, prüfte die Tauchausrüstung und besorgte sich einen zwei Millimeter starken Neoprenanzug für warme Gewässer. Bei durchschnittlichen Wassertemperaturen von achtundzwanzig Grad wird er in dem Gebiet um Raja Ampat nie einen Trockentauchanzug benötigen. Auch die Lufttemperatur soll dort nie unter fünfundzwanzig Grad fallen. Wundervoll! Er ist zwar noch nie in seinem Leben dort gewesen, doch tropische Gewässer und das Tauchen dort kennt er natürlich. Nie mehr frieren – was für eine Aussicht! Und dann endlich dieser Geschichte rund um die Diamanten und den korrupten Organisationen entfliehen. Mit Barbu, einem echten Freund, zusammen unterwegs sein – was wollte er mehr?

Am Tag der Abreise übergab er den Schlüssel zu seinem Haus einem Makler. Er will nie mehr hierher zurückkommen. Dieses Kapitel seines Lebens ist abgeschlossen. Der Makler staunte nicht schlecht, als Sam ihm erklärte, er solle den ganzen Krempel von der Müllabfuhr abholen lassen und das Haus nicht zum Höchstpreis verkaufen. Er garantierte ihm eine Provision unter der Bedingung, dass sein Haus jemand bekommt, der sich so etwas eigentlich nicht leisten kann. Es erfüllte ihn mit einer diebischen Freude, dass sein Haus nicht an den meistbietenden Steuerflüchtling verkauft werden würde.

Jetzt befindet er sich hier in diesem Wunderwerk der Technik im Mittelgang neben Barbu und sieht ihm zu, wie er jeden Bissen seines Essens mit Wonne genießt.

Als Barbu sein Tablett zurückgibt und nach einem Blick in die wunderschönen, mandelförmigen Augen der Flugbegleiterin ihm verschwörerisch zuzwinkert, mutmaßt Sam:

«Wir sind echte Glückspilze Barbu. Wäre der Vulkan am Langjökull nicht ausgebrochen, würden wir heute wahrscheinlich wieder Gruppen von schlotternden Gästen durch die Silfra führen. Stattdessen sind wir unterwegs ins Paradies und wer weiß...»

Sam zwinkert und deutet mit dem Kinn auf eine der Flugbegleiterinnen, die mit einem Lächeln durch den Gang zu schweben scheint.

Barbu nickt zustimmend, lächelt und fingert an der Fernbedienung seines Sitzes herum. Der Sitz fährt summend zu einem flachen Bett aus und Barbu grinst ungläubig. Wie eine Katze, die sich mehrmals dreht und mit den Pfoten den Boden unter sich prüft, nestelt Barbu an dem Sitz herum und zieht die flauschige Decke aus dem Fach.

«Mein Freund, du weißt schon, dass Indonesien ein hochaktives Erbeben- und Vulkangebiet ist?», raunt er schläfrig.

Er dreht sich um, zieht sich die Decke über die Schultern und nestelt seinen Kopf im Kissen zurecht.

Sam hebt die Augenbrauen und beobachtet ihn schmunzelnd. Mein Freund, hat Barbu gesagt, alles andere hat er schon vorher gewusst.

Er blickt über den Gang aus dem Fenster gegenüber, auf den glitzernden Golf von Thailand, nimmt sein halbvolles Glas Singha-Bier, prostet seinem schwachen Spiegelbild im ovalen Fenster zu und leert es in einem Zug.

Weitere Bücher von Stefan Prebil

EISDIAMANTEN Trilogie

Band I

Wer Respekt nicht kennt,
wird Demut lernen

Paperback 978-3-7497-7540-8
Hardcover 978-3-7497-7541-5
E-Book   978-3-7497-7542-2

EISDIAMANTEN Trilogie

Band II

Wem genug nicht genügt, ist
nichts genug

Paperback 978-3-7497-9641-0
Hardcover 978-3-7497-9642-7
E-Book   978-3-7497-9643-4

LORENA
2032 Die Zeit der Wahrheit

Paperback ISBN: 978-3-7497-2629-5
Hardcover ISBN: 978-3-7497-2650-9
E-Book   ISBN: 978-3-7497-2651-6
Hörbuch: ISBN 978-3-033-06774-5

Inhaltsangabe

Wir haben das Jahr 2032: Jacko Brevic nähert sich dem 70. Lebensjahr und bereitet sich vor, durch einen Selbstversuch der Unsterblichkeit nahezukommen. Denn in seinem fortgeschrittenen Alter hat er noch lange nicht genug vom Leben. Doch dann konfrontiert seine ungewollt schwangere Enkelin ihn mit seiner nie verdauten Vergangenheit: der Adoptionsfreigabe ihres Vaters. In der Folge kommt ein folgenreicher Betrug seines ehemaligen Freundes ans Licht, der außer Jacko auch die gesamte Gesellschaft der Schweiz in ein Dilemma stürzt.

Zeitfracht Medien GmbH
Ferdinand-Jühlke-Straße 7
99095 Erfurt, Deutschland
produktsicherheit@kolibri360.de